手記
「もやいの海」

SHUKI-MOYAI NO UMI

菅原洋一

SUGAHARA Yoichi

文芸社

手記「もやいの海」◆目次

（一）目黒川

「漕ぎ方、はじめーっ」

黒井の低い声が未明の水面に響いた。

大学構内の一角にあるポンドと呼ばれる小さな船着き場から、ぼくたちは一艘のカッター・ボートを漕ぎ出そうとしていた。航行にはまだ灯りが要った。暗闇の海面に突き刺さる櫂が、真っ黒なヘドロを巻き上げた。灯りがそれをとらえた。悪臭が一気に舞い上がる。海底に堆積した矛盾が、ぼくたちの眼前にその姿を現した。それはまるで、どろりと醜い妖怪の姿そのものだ。妖怪はすでに、社会のあちらこちらに現れ、傍若無人に振る舞っていた。

目黒川をどこまで遡っていけるか、寮生七人がそれに挑もうとしていた。カッター・ボートは、ポンドを出て京浜運河を南に下り、まず若潮橋をめざした。カッターは暗がりの中を静かにゆっくりと前進した。まもなく、左手に若潮橋が迫ってきた。若潮橋を左手に見ながら右に舵を切ると、いよいよ目黒川へ繋がる。空がわずかに白みかけてきた。川への入り口が見えた。やはり狭い。救命艇であるカッター・ボートは船幅が大きい。さらに両舷から櫂が伸びるのだ。航行幅は数メートルに及ぶ。

目黒川は、北品川と南品川との境界を流れている。京浜急行の新馬場駅をくぐると、山手線の大崎、五反田、目黒の各駅を縫うように走り、東急東横線の中目黒駅付近に達している。その先は急激に川幅がなくなる。さあ、どこまで遡ることができるのか、誰にも分からない。カッターは、ゆっくりと目黒川に入っていった。

川幅はなんとかカッターの航行に足りた。しかし、川にはいろいろなものが係留されている。まず漁船が目に入る。東京湾で漁をする小型船が幾隻も連なって係留されている。手工作の小さな桟橋もある。物干し台と思われる構造物も、川べりの家屋から川面に張り出している。

もっとも障害になったのは、ダルマ船だ。亀甲船を想起させる船形をしており、ずんぐりと大きい。都会から出た屎尿（しにょう）を積み込み、東京湾沖に投棄するための運搬船である。ダルマ船が係留された場所では、櫂が進路を妨げ、引き揚げる動作を余儀なくされた。艇長をつとめる黒井が号令を発した。

「櫂揚げーっ」

漕ぎ手たちは川面から一斉に櫂を引き揚げた。進路を確保するため、さらにやむなく、櫂を天に向け垂直に立てなければならなかった。櫂を立てる行為は本来、航行中すれ違う船などに対し、敬意あるいは敵意のないことを示す儀礼行為だ。船乗りにとっては崇高で晴れがましい所作である。ぼくたちの櫂立ては、文明の汚物を満載するダルマ船を前にして、力なく戸惑った。うまく説明できないが、気高いものに対する行為を、そうでないものに無造作におこなってしまったように感じたのかもしれない。だからだろうか、黒井の声にも、晴れがましさや誇り高い響きはない。ただ低く川面に流れた。

航行は難航した。前進するにつれ係留物が多くなり航行を妨げた。空もかなり白んで前方が見通せるようになった。居木橋（いるきばし）にさしかかろうとした時だった。川べりに何本かの杭の立っているのが見えた。舟を繋ぎとめ置くために、川底に打ち込まれた「舫（もや）い杭」だ。

黒井が声をかけた。

「漕ぎ方、やめ〜っ」

漕ぎ手は全員が進行方向に背を向けてオールを漕ぐ。前方を見るのは舵を操る艇長だけだ。

「どうした！」
漕ぎ手の一人が声を上げた。全員が、何事かと訝（いぶか）りながら体をよじった。

「あれは人ではないか……」
黒井が言った。

「人？」
それは不思議な光景だった。川の中から突き出た舫い杭の一本に、老女と思われる人影がしがみついているではないか。ぼくの目には確かにそう見えた。

しかしまもなくして、それは、居木橋の袂に立つ一人の若い女の姿が、まだ明けやらぬ朝の水面に映し出されたものだと分かった。立ち並ぶ舫い杭の狭間で、波のまにまに揺れ動く人影が、ちょうど杭にしがみつく一人の人間に見えたのだった。

七人の目に映った幻影は、まもなく現実の朝靄に消えた。しかし、ぼくになぜ、若い女の影が老女に見えたのか、それは分からなかった。

この時、老女の「現実」が、ぼくの意識に張り付いた。

何かに促されるように、ぼくはもう一度、橋の袂に佇む女に視線をやった。間違いない。

それは若い女性だった。若い女の姿を眼底に確かめた瞬間、厭な感覚が現れた。

「これは、昔見た景色だ……」

既視現象だった。

ぼくには、小学校に上がる頃から頻繁に既視現象が現れた。ぼくはそれを嫌った。病気だと思っていた。親に話しても相手にされず、独りひそかに悩み続けた。いつの日か、宇宙人にどこかに連れていかれるのではないか、と、そんなとりとめもない、わけの分からぬ静かな不安に苛まれていた。恐かった。

大きくなるにつれ、現象の現れる頻度は減ったが、二十歳に達しても絶えることはない。既視現象はすでに慣れっこになってしまっていて、もう驚きも恐怖もない。ただ、一貫して、好きにはなれなかった。現実感があやふやになってしまうのだ。カッター・ボートで目黒川を遡り、居木橋に来たのは間違いなく初めてのことだ。この場面が過去にあったというのは矛盾する。「ということは、未来からの予知なのか……」などと、小さな混乱を起こすのだ。

目黒川の航行は、居木橋を過ぎてまもなく行き詰まった。ぼくたちの冒険は、ダルマ船の圧倒的な威力に遮られ、あっけなく終わった。

問題は、舫い杭にしがみつく老女だ。目黒川の冒険は七人で共有することができたが、老女のことは、ぼく一人の出来事だ。ぼくはすでに、カッター・ボートの中で孤立していた。

老女がぼくの心象風景に舞い降りた時から、カッター・ボートがポンドに戻るまでの記憶は、瞬間移動のように一瞬に凝縮していた。何事が起こったのか正確に認識できない状態が、しばらく続いた。

「あの老女はどうなった?」

三日ほどが経ってから、ぼくは黒井に聞いてみた。

「いったいなんの話だ?」

黒井はぼくを無造作に突き放した。無理もない。老女の一件は、ぼくにとっては間違いなく「現実」だったが、黒井には勘違いにすぎなかった。二人の間のこの乖離は、いかんともしがたく実存した。水面に映った影が老女に見えたのは自分だけだ。他の六人は誰も、老女の姿を見ていないのだから。

結局ぼくは、老女の一件を自分一人で抱えていくしかないと、覚悟しなければならなかった。忘却が許されるなら、そうしたい。しかしそうはいかないのだ。あの幻覚の「事実」は、生涯にわたってぼくにとり憑き続けるに違いない。そういう、予感とも確信ともつかない不思議な感覚が、この時、体の中心を流れていた。

闇夜に見たヘドロの姿は、人間の作り出したものだ。人間の活動の矛盾の表象だ。老女はそれを指し示し、問うたのだ。「海底に堆積した矛盾を、君はどうするのだ？」と。ぼくはこの時、確かに問われたのだ。

この出来事があってから、ぼくの日常に「目黒川の老女」が同居することになった。

＊

私は二〇二二年の今、居木橋の袂に立ち、遠い日々の出来事を思い出している。あれから半世紀の後、ここにこうしてふたたび佇んでみれば、あの時に見た老女は、半世紀の時間を飛び越えて、あの時の「ぼくたち」に、身をもってこの時代を示そうとしたのではなかったのだろうか。そう考えると、彼女は舫い杭にしがみついていたのではなく、行く手を示す澪杭（みおぐい）を打ち込んでいたのかもしれない。

私は今、居木橋の袂に立ち、愛しくほろ苦いかつての日々を、これから述懐しようとしている。

（二）大造丸に乗って

大学に入ったばかりの頃、こんな夢を見た。

島根半島にある故郷の漁師町から、ぼくは一人小さな漁船を繰り出し、水産大学をめざした。まず京都府舞鶴に向かい、そこから山口県の吉見に折り返した。瀬戸内海を抜けて熊野灘の荒波を越え、三重県の津に寄港。遠州灘を乗り切って、品川沖に到達した。そして、水産大学構内の一角にあるポンドから陸（おか）に上がった。小さなアンダーパスを抜けると、そこに、任務を終えた帆船・雲鷹丸（うんようまる）が出迎えてくれた。出航してから二年の時を要する長い航海だった……こんな夢だ。

父方の親戚に、瀬戸田大造という大叔父がいる。島根半島の先端にある小さな漁師町で、焼玉エンジンを積んだ小型漁船を操る漁師だ。大造おじさんは、すでに老齢の域にある。

（二）大造丸に乗って

小型漁船を自分の体の一部のように操りながら、「シュポン、シュポン、シュポン」と焼玉エンジンの甲高い燃焼音を響かせ、未明の港を出て行く。大叔父を追いかけるように、二隻、三隻と漁船たちが漁場に向かう。そのたび、水面に映る月影が、ゆらりゆらりと揺れ動く。その頃、ぼくたち海っ子は、まだ夢の中だ。

大造おじさんは、ほかの漁師と与することをよしとせず、自分だけが知る釣り場を持っていた。それは、一匹狼の漁師にとって知的財産とでもいうべきものだ。法律や誰かが保証してくれるものではないが、私的情報として、一匹狼を一匹狼ならしめるものだ。大海原を舞台に、漁師が独り技に生きる。そんな姿は、ぼくの幼な心にカッコよく映った。

孤高の漁師が操る舟の名は、その名も「大造丸」と言った。大叔父は大造丸で、幼いぼくをよく漁に連れて出た。大造おじさんの褐色の顔と手。そこに刻まれた深い皺。まるで岩だ。その岩のような手がぼくの手を取り、魚のクセや漁のコツを丹念に教えてくれた。

そんな大造おじさんのような漁業の姿は、もう時代から取り残されようとしている。ぼくの目にはそう映った。それでも大造おじさんは、孤老の漁師のまま、日本海を舞台に、今も黙々と漁を続けている。

湾を臨む父の実家の窓からは、いつも大造丸が見える。漁のない日、ぼくは舫い綱を手に取り大造丸を岸に引き寄せ、乗り込んでは一人遊んだ。遊ぶと言っても、猫の額ほどの隙間もない狭い船上では、動き回ることもできない。今考えてみれば、ぼくはいったい何をして遊んでいたのだろう。母によれば、生け簀の蓋の上で、ぼくはよく眠りこけていたそうだ。

大造おじさんの漁業権を引き継ごうとする者はいない。大造丸は、一代限りで漁を終えようとしていた。

ぼくは、大造丸に乗って水産大学にやって来たのかもしれない。きっと、そうだ。

（三）二つの楯

水産大学には学生寮がある。朋鷹寮と言う。寮に入ってひと月ばかりした頃、父から一通の手紙が届いた。大学から妙な通知が来ているという。

「ご子息は不法に大学寮に入居している。このまま居住し続ければ、大学としてなんらかの法的手続きを取らざるを得なくなる」という趣旨の通知だという。ぼくは、「心配しなくていい、大丈夫だ」と返事した。なんの根拠もなかった。

大学の募集要項には寮があると記載されていた。しかし、入学が決まった後になって大学から合格者に対し、「入寮募集を中止する」という通知が出された。寮があるから受験した者も多く、今さら言われてもどうしようもなかった。

大学はいったん寮を四年間の閉寮にし、寮生をゼロにしてからあらためて、大学による入寮選考を実施したいと考えていたようだ。どうも学生運動と関係があるらしかった。

大学からの入寮募集中止の通知とほぼ同時に、朋鷹寮委員会からも〈お知らせ〉が届いた。「寮は、寮生によって自主的に管理運営されています。寮委員会が責任をもって入寮選考をおこなうので、安心して選考を受けてほしい」そんな内容だった。

大学、寮委員会のどちらの言い分を信じればいいのか、不安だけが増幅した。事情がよく呑み込めない中、上京の日が迫る。希望の春に、憂鬱な影が差していた。

受験を控えた高校三年当時、世の中は、一九七〇年日米安保条約改定に対する反対運動が盛んだった。一九六八年から六九年の学園紛争は、その頂点に達していた。受験を控えていたぼくには関心すらなかったが。

しかし、あることをきっかけに否応なく受験生の関心を集める事態が起きた。東京大学の入学試験が急きょ中止と決まったのだ。「志望校をワンランク下げよ」という受験指導が行われるなど、全国の受験生は翻弄されることになった。ぼく自身はトップクラスの受験競争に無縁であったが、それでも受験を間近に控え、重苦しい風が厭な感じに吹いていた。

受験が近づいても、ぼくの成績はいっこうに上がらなかった。進学面談でも担任教師からは、「君の成績では志望校はとても無理だ」と突き放された。

（確かにこの成績では……）

自分でもそう思った。そうは思ったが、ぼくに志望校を変える気はなかった。

「周防、どうすることにした？」

担任の教師は折々に気遣ってくれたが、ぼくは頑なに志望校を変えなかった。ついに先生も、ぼくを見放した。

ぼくは見事に受験に失敗した。要因は、世の中の学生運動のせいなどではない。すべては学力不足という個人的理由に帰結していた。

あれほど望んだ志望校への挑戦に、ぼくは二度敗れた。そして本当の挫折がぼくを襲ったのは、受験失敗の瞬間ではなく、目標を変えた時だった。水産大学への挑戦は、ぬぐい切れない挫折感の中で始まった。

一年後、ふたたび受験の季節がやって来た。時はすでに一九七一年になっていた。

水産大学の入試は三月三日、四日に行われるため、前日三月二日に上京した。品川駅高輪口前の京品ホテルに宿をとっていた。品川駅に到着すると、チェックインを済ませ、その勢いで大学まで歩いて試験会場を確認した。これで一応翌日の準備は済んだ。

品川駅を高輪口から、大学のある東口に抜けるのに、暗くて長い地下通路を通らなければばならなかった。薄暗く汚いその地下通路を歩くうち、東京のイメージが崩れていった。どこかよからぬ未知の世界へ通じる、不吉なトンネルのように感じた。その長い地下通路を歩きながら、考えていた。

「この先が地獄であっても構うものか！　敗れた自分にふさわしい」

挫折感は、まだぬぐい切れていなかった。

ホテルの自室でしばらく寛ぐと、夕食の時間になったので食堂に向かった。受験生らしい青年が何人か目にとまった。それぞれ一人で静かに食事をとっている。食事の予約券を渡し、空いている席に着き、配膳を待った。

すると受験生の一人と思われる青年が近寄ってきて、ぼくに声をかけた。ほかの受験生とはちょっと様子が違うと感じた。不安げなのだ。彼の希望もあって、一緒に食事をすることになった。話を聞いて分かった。彼は、沖縄からの受験生だった。

この時、沖縄はまだ米国の占領統治下にあった。日本に来るのに米国発行のパスポートが必要だった。彼はそれをぼくに見せた。「日本渡航証明書　琉球列島米国民政府」という、日本語表記の文字が英語表記の下にあった。

彼はまた、財布から一枚の紙幣を取り出し、「沖縄ではアメリカドルで買い物をするのだ」

と説明した。「沖縄では、人は左側通行なので、本土に来てちょっと戸惑った」というようなことも話した。沖縄の人と話すのは初めてのことだった。「本土」という言葉が心に残った。

大阪から来ている自分でさえ、見知らぬ東京は不安であるのに、沖縄から来ている彼は、よりいっそう不安であるに違いない。食事が終わった後も、二人はしばらく会話を続けた。彼と一緒に入学できたら、二人はきっとこの東京で最初の友人同士になれるだろう。そう思った。きっと彼も同じだったのではないだろうか。小さな希望の灯が点ったように感じた。

「明日は、一緒に行こう」

そう約束し合って、それぞれの部屋に戻った。

一人になって、ぼくは考えていた。もし志望校に合格し、あのまま大阪の地にとどまっていたとしたら、この日、沖縄の彼と出会うことはなかった。「本土」という言葉をこんなに身近に聞き、何かを感じることもなかった。そうか。あの薄暗く長い地下通路は、地獄へ繋がるトンネルなどではなく、新しい可能性へのトンネルかもしれない……。この時初めて、「水産大学に合格したい」と、心の底から思った。新しい緊張を手にして、ぼくは明日（あす）に向かった。

二期校の受験を三月二十三、二十四日に控え、なお受験勉強を続けていた時だった。水産大学から合格通知が届いた。

「ああ、これで浪人生活が終わった……」

そう思った。

両親に報告できることが一番にうれしかった。ただ、後の水産大学のキャンパスに、沖縄の彼の姿を見つけることはできなかった。


入学が決まって東京へと心はずませていると、朋鷹寮委員会から一通の案内が届いた。近畿地区の合格者を対象に、入寮に関する説明をしに行くので、大阪中之島公園に集まってほしいというのだ。説明会は全国主要都市で実施されているようだった。

入寮を希望する入学予定者が、一〇名ほど集まった。まだ肌寒い風の吹く三月の中之島公園。その石段に腰をおろし、制服姿の寮委員の話に、ただ黙って聞き入った。

「大丈夫だから、自分たちの入寮選考を受けてほしい」

そう説明を受けても、俄に信じることはできなかった。大学がダメというものを、本当に寮に入れるのかと、両親は心配した。

寮委員の言葉を鵜呑みにすることはできなかったが、選択肢はなかった。日々が慌ただしく過ぎ、東に急ぐ雲に強引に乗せられるように、ぼくは上京した。

寮委員会による簡素な入寮選考を受け、南寮四階の四〇四号室に住処（すみか）があてがわれた。そんな折、あの父からの手紙が届いたのだった。

この年に入居した新入寮生は、この日から卒業まで、「不法入居者」という汚名を着て、寮生活を送ることになった。春というのに、鉛色の雲が頭上低くぼくの全身にのしかかっていた。

（三）二つの楯

ドアを開けると居間があり、そこを中央にして、両側に四人部屋が二部屋ある。入寮募集中止の動きもあってか、全体に定員割れの入寮状況だ。五階建て二棟。南寮、北寮に分かれ、各階に一号室から十一号室まである。あてがわれた四〇四号室には、六人が同居した。こうして、新しい人たちとの、新しい生活が始まった。

北寮と南寮を繋ぐ一階通路沿いに、談話室がある。寮生が寛げるようになっている。談話室にはソファとテーブルがあり、一角にテレビが設置されている。壁沿いには幅広の本棚が備えつけられている。初めてこの談話室に入った時だった。印象に残るものが二つ、同時に目に飛び込んできた。

一つは、機動隊の楯だ。談話室の一角に無造作に立て掛けられている。思わず手に取った。意外に軽い。楯は、ジュラルミン製の板でできており、上部には小さな覗き窓がある。ジュラルミン板は、一枚にしたり二枚にしたり、臨機応変に枚数を変えられるようになっている。

楯の外側、すなわち敵の攻撃を受け止める側にはかなりの傷跡が見られる。火炎瓶でも受けたのだろうか、幾筋もの黒い筋が幾何学模様を描いて放射線状に勢いよく飛び散っていた。

視線を楯の内側にやる。「行け！」、「殺せ！」とマジックインキで手書きされた文字がある。「殺せ！」という表現には少し驚いた。「機動隊員も必死なんだな……」と思った。この楯を持つ機動隊員も、楯に襲いかかる若者も、お互い見知らぬ者同士だ。恨みがあるわけでもない。そんな若者同士が命を懸けて争わなければならないことに、ふと、やりきれないものを感じた。命を張った最前線には、けっして権力者たちの姿はない。「行け！」「殺せ！」の文字の右下には、「第七機動隊」とあった。

談話室の今一つの強い印象は、本棚に並んだ雑誌群だ。『朝日ジャーナル』とある。最新号から過去数年分のものが、数メートルにわたってずらりと並んでいる。最近のものを手に取って、パラパラとページを繰ってみた。

この雑誌の存在は知っていたが、実際に手にするのは初めてだった。この時以来ぼくは、談話室に来てはバックナンバーから関心のあるテーマを探し出し、読むことになる。社会のいろいろなことについて、この朝日ジャーナルで勉強したように思う。

話はそれるが、朝日ジャーナルを小脇に挟んで街を歩くのが、インテリぶった学生たちの間で、ちょっとしたファッションになっていた。朝日ジャーナルという文字の一部が、通りすがりの人からちらりと見えるように、小脇に挟んで歩くのだ。これがファッションの基本コンセプトだった。間違っても、表紙を内側にして朝ジャを二つ折りにしたり、丸めたりしてはならない。いかにも都会っぽい。大阪育ちのぼくには、とてもそんなキザな真似はできないと思った。

余談だが、デモに参加する時、新聞や雑誌を胴に巻くことを教えてもらったのも談話室だった。機動隊の警棒や足蹴りから体を守るのに、思った以上に効果がある。朝日ジャーナルは、学生にとって思想的楯であったが、同時に、身体的楯でもあった。

機動隊の楯と朝日ジャーナル。そんな敵対する楯同士が、仲よくこの談話室で対峙している。対峙しながら、二者は何を語り合うのか。この時の風景が、ぼくにはなぜか微笑ましく映った。しかしそれは、単なる無知から来るぼくの悲惨にすぎなかった。

（四）挫折

――人は、外からの力に屈するのではない
結局、内から負けるのだ

授業もオリエンテーション期間から、通常授業に入っていた。ある日の一時限目、必修科目物理Ⅰの最初の授業があった。挨拶も早々に、永田教授はいきなり問題を出してきた。

「二階建ての家がある。一階から二階に上がる時、まず一階で階段灯を点ける。二階に上がりきったら消灯する。用を済ませ二階から一階に降りる時、二階でふたたび階段灯を点灯する。降りきったら一階で消灯する。この時の電気配線図を描け」

新入生の学力を見極めようとする教授の意図はすぐに分かった。しかしぼくは描けなかった。悔しい。

物理は受験科目だったが、電気はさっぱりだった。苦手だった。その日の二時限目、三時限目、四時限目と続いた授業中にも、ぼくはずっと配線図に取り組んだ。無駄な努力だった。

一日が終わり夕食を済ませた後も、ぼくは自室の机で配線図と格闘していた。すると、同じ部屋の住人で三年生の青山さんが、ぼくの様子を覗き込んで声をかけてくれた。

「どうした？」

かくかくしかじか説明すると、青山さんは、「どれ」と言って配線図にとりかかった。青山さんは、いとも簡単に配線図を描き上げた。

「俺、物理が好きなんだ」

ニキビ面の顔がにっこり微笑んだ。

細身で黒縁メガネをかけ、ニキビいっぱいの顔の青山先輩が、頼もしく思われた。

この出来事があってからというもの、勉強に困った時には決まって、青山さんに相談するようになった。ぼくの学園生活は、こんなふうに始まっていった。

青山さんは、酒を呑むと少し荒れた。気弱になって愚痴がこぼれるのだ。同居人から断片的に話を聞くうち、事情が分かってきた。青山さんの家系はみんな勉強ができるらしい。お父さん始め、お兄さん、お姉さん全員が同じ一流と言われる大学を卒業しているのだぞいるというのだ。

青山さんだけが同じ大学に進学できず、その悔しさと強い劣等感に押しつぶされているというのだ。

青山さんは、家が東京にあるにもかかわらず、わざわざ寮に入っている。なぜだろうと思っていたが、その理由が分かったような気がした。

「そんなことで悩むなんて馬鹿らしい」と、内心思った。が、他人から見ればばかばかしく見えることでも、本人にはどうしようもなく深刻なことなのだ。悩みとはそういうものだ。ぼくは能天気に、もっともらしい解釈をした。部屋の同居人諸氏もあれやこれやと慰めの言葉をかけるのだが、青山さんの心にはいっこうに届かない。後輩のぼくに、何ができるというのだ。物理の質問をするぐらいのことしか、できなかった。

「周防君、呑みに行かないか」

ある日、青山さんが珍しいことにぼくを酒に誘った。青山さんは、普段、自分のほうから呑みに誘うことはない。だいたいが他者から誘われて、「それじゃあ」と付いて行くというのが常だ。二人は、どちらかと言えば口数が少ない。そんなぼくらが二人だけで呑みに行くというのは、あり得ない組み合わせだった。

ぼくたちは黙って北品川に向かった。寮の玄関を出て左にすすみ、大学の裏門を抜けるとすぐ、高浜運河に架かる楽水橋（らくすいばし）にさしかかる。楽水橋を渡り、だらだらと続く登り坂を歩いて行くと、やがて北品川商店街通りに出る。北品川商店街通りは、かつての東海道の一番目の宿場町だったと、誰かが教えてくれた。そこから通りを南に少し下り、右手の狭い路地に入った。ぼくたちは、「五十三次」という提灯のぶら下がる居酒屋に入った。

　青山さんには何か話したいことがあるんだろうと、ぼくは感じていた。ただ、その相手はぼくでなければならなかったわけではなかった。青山さんは話し相手がほしかっただけだとすぐに分かった。燗酒と肴を適当に注文し、しばらく酒を注ぎ合った。二人で三合ほど空けた頃、青山さんが話し始めた。

「周防君、空間も時間もない状態って、どんな状態だと思う。想像できるか？」

　そして、こんな質問も投げかけてきた。

「無意識って、意識の一形態だと思わないか？　だから本当の意味で、意識のない状態っていうのが、無意識のほかにあるんじゃないかなあ」

　青山さんは、無秩序にそんな言葉を呟いた。ぼくにはさっぱり理解できず、受け止めようもなかった。青山さんも、ぼくに答えを求めたわけではなかったろう。ほとんど独り言だった。

（ああ、苦しい。存在することがこんなに苦しいのは、いったいなぜだろう）

そんな青山さんの心の叫びを、ぼくは勝手に想像した。というのも、聞いた瞬間には理解できなかったが、青山さんの言葉に耳を傾け続けるうち、ある部分が気になりだしていた。

青山さんは、「空間も時間もない状態」を持ち出し、「本当の意味で、意識のない状態がある」と、そう言った。考えてみればそれは、「死」と同義語のように、ぼくには思えてきたのだ。無秩序と思われた言葉は、無秩序ではなかった。確実にある一つの言葉に向かっていた。そう感じながら、ぼくは、青山さんの言葉にいっそう注意深く聞き耳を立てた。

「おれ、大学やめるかもしれない」

「えっ、大学をやめる？　やめてどうするんですか？」

ぼくは青山さんのぐい呑みに酒を注いだ。

「分からない。どうしたらいいのか分からないんだ」

ぼくは思った。青山さんはすでに三年生になっているけれど、この大学をやめてもう一度、自分の思う大学をめざすべきかもしれないと。

思い出すことがある。一九六九年度の東大入試が中止と決まった時、東大をめざしていた学生の中には、浪人してでも東大に行くと言う者がいた。いったん他大学に入るが、翌

（四）挫折

年度に東大を受験するという者もいた。世間の一部には、「東大にあらずば大学にあらず」といった風潮のあるのも事実だ。「そんなものか……」と、ぼくには思えるが、ここにも一人、そんな人間がいるのだ。多様性を知らない人間たちだ。

しかし、自分も似たようなものだ。志望校の受験に二度失敗し二年目の浪人生活に入っていた時、激しい不眠症に襲われた。自分では精神的に強い人間だと思っていたが、人並みだと分かった。これ以上の浪人生活は無理だと悟り、目標校を変えた。この時ぼくは、どうしようもない挫折感を抱いた。それを思い起こすと、自分もまた、青山さんと大して変わらないことに気づく。どうして、青山さんを多様性を知らない人間だと、このぼくに言えるだろうか……。

自分の挫折を青山さんに話してみようとも考えたが、話してもおそらく無駄だろうと思った。ぼくの挫折など、青山さんにはなんの関係もない。ひとかけらの慰めにもならないだろう。そう思って、話すのをやめた。

青山さんのいつもの弱気が、いや強烈な劣等感が、顔を覗かせ始めていた。それでも、大学をやめるという話を聞くのは、初めてのことだった。青山さんは、確かに思い詰めている。おそらく、入学した時からずっと思い詰めてきたのだろう。以前よりひどくなっているようだった。

「存在するのが苦しい」という青山さんの心の叫びは（まあ、ぼくが勝手に想像したことではあるが）、少しだが分かるような気がした。しかし、ぼくに何ができるというのだ。何を言えばいいのだ。ここで物理の質問をするのは、間の抜けた話だ。それは自覚できる。ああ、来るんじゃなかった。せめて、ほかの同居人にも声をかけるべきだった。ぼくは後悔していた。

青山さんの話を聞きながら、一方的に聞き手にまわっているのはまずいと、ぼくは思い始めていた。何か話題を変えなければいけない。挙げ句の果てに出た言葉は、自分でも驚くものだった。

「青山さん、自殺なんてダメですよ！」

自分の言葉に、ぼくはギクリとした。

しかし救いだったのは、かろうじて青山さんの表情が崩れたことだった。そんな青山さんの表情を見つけて、ぼくは助けられたと思った。

「自殺」という言葉を境に、そのあとからは不思議と二人の間の雰囲気が和んでいった。言ってはならない言葉を、思わず口にしてしまったぼく。それをうまく受け止めた青山さん。二人はその不吉な言葉を巧みに共有し、うまく処理することに成功した。普段不器用な二人にしては上出来だった。いや、奇跡的だったかもしれない。

無口なはずの二人は、このあと、いろんなことを話した。「五十三次」の暖簾をくぐったのは七時だったが、もう零時をまわっていた。青山さんと二人で酒を酌み交わした五時間。大学をやめたいという青山さんの話以外のことは、ほとんど何も覚えていない。しかし、この五時間の思い出は何十年経っても、ぼくの心に残り続けるだろう……。この時、強く、そう思った。

「青山さん、明日（あした）になりましたよ」

ぼくは、壁に掛かった時計に目をやりながら言った。

「明日か……。明日は来るんだなあ」

「そうです。明日は来るんです」

「そろそろ帰ろうか」

「帰りましょう」

勘定を済ませ、「五十三次」を出た。裸電球の橙色の鈍い光の中を、二人は肩を組み、水産逍遥歌を口ずさんだ。千鳥足に乗っかって、右に左に揺れながら、北品川商店街をあとにした。

〈十年後二十年後、いや三十年後かもしれないけれど、きっと今とは違う景色が見えるはずです。青山さん、死んではいけない。生きるべきです。人は、生きるようにできている。人生は、劣等感と後悔で出来上がっていくのです。人生なんて、ものの弾みの積み重ね。思う通りに生きた人間なんていないのです〉

青山さんを目の前にして、口ではとりとめのない別の話をしながら、ぼくは同時に、頭の中でこんな言葉をめぐらしていた。なんの根拠もない、思いつくままの言葉だった。いつ、どんなきっかけで、青山さんの話が大学をやめることや死を仄めかす話に戻るか分からなかった。その瞬間に備えて、ぼくはずっと言葉を探し続けていた。

しかし、何かうまい、青山さんの心に届く言い回しをしぼり出そうにも、弱冠二十年ほどの人生経験しか持たないぼくに、いかんともしがたい限界が立ちはだかった。青山さんにしても同じだ。せいぜい一つ二つ年上にすぎないのだ。

五時間の一人芝居が終わってみれば、体中の筋肉が強ばっていた。ぼくはすっかり疲れていた。

あの瞬間、二人は惨めなほどにうぶだった。

（五）貨物船東風（トンフェン）

——やがて暗闇の奥に、黒牛の眼球（めだま）がギョロッと、ひと動きした

卒業した先輩が、寮に遊びに来ることは珍しいことではなかった。まだ慣れない社会人生活の緊張をほぐしに来るのだろう。後輩と酒を呑みながら、疲れた心身を癒すのだ。先輩にとっては、スーツにネクタイの晴れ姿をお披露目する機会となり、迎える側の後輩にとっては、タダ酒にありつける機会となり、同時に、就職活動に向けての情報収集の機会にもなっているようだった。四〇四号室にもS先輩がしばしば顔を出した。S先輩には、後輩と酒を酌み交わすのとは別に、特別な目的があった。

S先輩は、社会主義を標榜する新左翼系組織の活動に参加しているらしかった。乱立する諸党派の一つだとか。いろんな名前の党派があって、主義主張が少しずつ違っているら

しいのだが、何が違うのか、ぼくにはよく分からなかった。

S先輩は同志を集める活動をしているようだ。いわゆる「オルグ活動」というものだろう。四〇四号室に顔を出すようになって、三度目ぐらいの時だった。その日、S先輩はいきなり本題に入った。

「〇月〇日、川崎のある場所で『共産党宣言』という本の読み合わせ会をやるんだけど、参加してみないか?」

ぼくたち部屋の住人はみな身構えた。最上級生二人は、さっとその場を離れ、自分の部屋にこもった。青山さん、安池さん、そしてぼくの三人は完全に立ち遅れた。引き続き、S先輩の話を聞くハメになった。

まずい。S先輩の話を聞きながら、安池さんと青山さんはこの場を離れるタイミングを窺っていた。目をきょろきょろ、体をもじもじさせていた。その様子を見て、自分もきっと同じように映っているに違いないだろうと想像した。

と、思わぬチャンスが来た。S先輩がトイレに立ったのだ。一瞬のチャンスを、安池さんと青山さんは逃さなかった。果たして、二人の先輩はこの難局を切り抜けた。結局、ぼく一人が残り、S先輩の話を聞き続けることになった。一所懸命に話すS先輩から逃げるのは、なんだか申し訳ないように思ったのだ。

ぼくは読み合わせ会に参加することにした。負け惜しみではない。少し興味があったのも確かだ。特別に目的意識があったわけではなかったが、なんにでも興味が湧いた。そういう年頃だったのだろう。

S先輩にどんな準備をして臨めばいいのか尋ねた。『共産党宣言』という本を買って、事前に目を通しておけばそれでいいと、先輩は言った。ページ数の少ない本だから読むのに時間はかからない、とも付け加えた。

翌日、ぼくはさっそくキャンパスにある購買店舗の書籍コーナーに向かった。大月書店が発行している文庫本がすぐ見つかった。『共産党宣言　共産主義の原理』と題している。共産党宣言の箇所だけで五〇ページほどだ。パラパラッと立ち読みし、すぐ勘定場に向かい九〇円を支払って手に入れた。

川崎の読み合わせ会までまだ日にちがあったので、「原理」から読み始めた。理由は単純だ。「原理」を知ってから「宣言」を読んだほうが理解しやすいのではないかと思ったからだ。大して変わりなかった。

この頃、どこの大学も同じであったが、キャンパスには「タテカン」と呼ばれる立て看板が随所で大きな空間を占拠していた。タテカンには、「プロレタリアート　万歳！」「万国のプロレタリアート 団結せよ！」「世界同時革命に結集せよ！」などの激しい言葉が、独特の書体で飛び跳ねていた。中国語の簡体字をさらに簡単にしたような字もある。『共産党宣言　共産主義の原理』を読んで、なるほどと思った。これらのむずかしい言葉の出所が分かった。もちろん、言葉の意味するところは、まだ理解するまでには至らなかったが。

読み合わせ会の日が来た。川崎駅にS先輩が待っていた。

「よく来てくれた」

S先輩が意外そうに言った。来ないかもしれないという半信半疑のS先輩の気持ちが、その言葉と表情にこもっていた。それがぼくにはっきりと伝わり、少し寂しく感じた。川崎駅からバスに乗って海のほうへ向かったところまでは、おおよその方角は理解していた。しかしバスを降りて歩き始めると、もう、自分が今どこを歩いているのか分からなくなった。

もともとぼくはひどい方向音痴なので、最初はそのせいだと思っていた。が、しばらく歩くうち、わざと覚えにくく歩いているのかもしれない……と、そう疑い始めた。考えすぎかもしれないと思いながらも、自分の心に警戒心の立ち上るのを感じた。

人気（ひとけ）のない倉庫街のようなところに来た。窓を持たない大きな建物群の狭隘な通路というか、隙間というか、そんなところを何回か曲がったかと思うと、平屋のプレハブ小屋に到着した。

S先輩が引き戸を開けると、中にはすでに何人かの若者がいた。折り畳み式の長机八台がロの字型に並べられ、机一台に二脚ずつのパイプ椅子があてがわれている。みんなまだ到着したばかりなのか、全員が立ち姿で、誰かの指示を待っているかのようだ。S先輩を含め、活動家らしい人が三人。ぼくのように誘われてきたと思われる若者が男女合わせて一〇人ほどだ。この場のリーダーと思われる活動家の一人が、穏やかに口をひらいた。

「みなさん、まず座りましょう。自由に掛けてください」

リーダーと思われるその人は、座席のほうに手招きした。ぼくたちは、互いに顔を見合わせながら、ポツン、ポツンと席に着いていった。ぼくたちは間違いなく緊張していた。

リーダーの挨拶が始まったが、どのようなことを言ったのか、まったく耳に入らなかった。そのあと、『共産党宣言』の読み合わせへと移った。

一人が一、二ページほど読み、区切りのいいところで活動家の一人から合図が入り、読み手が替わる。そのようにして順に読みつないでいった。実のところ、意見を訊かれたらこう言おうと準備していたこともあった。質問も二、三用意していた。しかし、準備は徒労に終わった。

その場のことで覚えていることと言えば、時々読めない字に出くわして言葉に詰まる者がいたことぐらいだ。みんなで読みつないだ『共産党宣言』の内容については、何も頭に残らなかった。声を出して読んだ、ただそれだけのことだった。

のちに考えると、活動家たちも、『共産党宣言』の内容を云々することを目的としていたわけではなかったようだ。活動仲間を増やすことが目的であったようである。結果として、ぼくはS先輩らの活動に参加していない。ぼくは勧誘を断ったのだろうと思う。いや、誘われた記憶もない。ということは、誘われもしなかったというのが実際だったのか。活動家たちのお眼鏡にかなわなかったということか。とにかく、その時の経緯については、ほとんど記憶がない。緊張感と警戒心が、ぼくの全意識を支配していた。

寮に戻って、あらためて『共産党宣言』に目をやってみた。なんとなく分かったことは、将来自分は、無産階級者、賃金労働者になるんだなあ……ということくらいだった。しかしそれがなぜ問題なのか、なぜ暴力革命に繋がることになるのか、その理屈までは理解できなかった。

大学構内のあちこちに立て掛けてあるタテカンに飛び跳ねている激しい言葉が、『共産党宣言』から飛び出してきたものだということは、知ることができた。これまで、時代の風物詩のように、眺めるともなく視界にしていたタテカンだったが、読み合わせ会以来、新しい掲示物が目にとまると、立ち止まって読むようになった。それでも共感は、まだ遥か遠くにあった。

(五) 貨物船東風

川崎の読み合わせ会からひと月ほどして、ふたたびS先輩がやって来た。読み合わせ会を経て、ぼくはS先輩に親しく接するようになっていた。S先輩は、ぼくを強引に自分たちの活動に引き入れようとはしなかった。そのことが、S先輩に対する安心感に繋がっていた。世の中のいろいろなことを教えてくれる先輩に、こちらから話しかけることもあった。ぼくは、その気もないのにこんなことを尋ねた。

「Sさん。Sさんはぼくたちに社会の仕組みについていろいろ教えてくださいますが、一緒に活動しようと、ぼくはまだ一度も誘われたことがありません。なぜですか？」

やぶ蛇だったか。一瞬、後悔の念がよぎった。が、S先輩からはこんな言葉が返ってきた。Sさんらしい言葉だと思った。

「本当に理解し、心から共感したら、それは自然と行動に移行するはずだ。行動に移行しないということは、まだ共感できない、まだ理解できていないということだと思うんだ。それを無理に誘っても、本人にも組織にもいい結果にはならないと思っている」

あっけらかんとそう言って、S先輩は話をさっさと新しい話題に切り替えた。ぼくは少し感心した。感心しながら、一方でこんなことを考えた。これがもし、S先輩の計算ずくの言動なら、S先輩はこの上ない人たらしだ……。

「周防君、こんど晴海に中国の貨物船が来るんだ。その船を訪問して、中国の青年たちと交流することを準備しているんだけど、来ないか？」

日本に寄港する外国船に手続きなく乗り込むことは、厳密に言えば、その国へ密航することを意味している。しかも相手が、公式な国交のない中国共産党政府ともなれば、日本の公安当局にも目を付けられかねない。そのことは、まだ世の中をよく知らないぼくにも理解できた。参加には迷った。

水産大学には海外からの留学生がけっこういる。とりわけアジアからの留学生が目立つ。寮にも数名の留学生が在籍している。現に、四〇四号室には南ベトナムからの留学生グエン君がいる。

S先輩から中国船訪問の誘いを受けていたぼくは、授業の合間のキャンパスで、ある一人の留学生に一緒に行かないかと声をかけた。声をかけてからぼくは、はっと気づき、たちまち赤面した。声をかけたのは、台湾からの留学生だったからだ。それは死ぬほどの恥ずかしさだった。台湾からの留学生は口も利かずにぼくの前から立ち去っていった。その後ろ姿は、全身でぼくを軽蔑していた。

この時の赤面が、ぼくに中国船訪問を決意させた。限りない無知を背負って、ぼくは、何かを探し始めた。この時の赤面が、容赦なく急(せ)き立てるのだった。

訪問する中国船は二万トンの貨物船で、船名を東風(トンフェン)と言った。近づくとその大きさに圧倒される。一四〇〇トンのわれらが練習船・海鷹丸(うみたかまる)より遥かに大きい。その大きな船腹に架かる長いタラップを登って、いよいよ船内に至る。もはやそこは外国だ。参加者たちがタラップに向かおうとした時だった。S先輩が声を発した。

「みなさん、ちょっと聞いてください！」

S先輩は、広々とした見晴らしのいい晴海埠頭を、大きく腕をかざしながらぐるりと見渡し、言葉を続けた。

「今、この周りに人影は見あたりませんが、必ず日本の公安関係者が見ています。写真も撮っているでしょう。そのことだけは覚悟してください……。さあ、では上がりましょう！」

そう言って、S先輩はぼくたちをタラップに誘(いざな)った。

長いタラップを登りきると、そこに数名の船員と、「熱烈歓迎　日本的朋友！」と書かれた控えめな大きさの横断幕が出迎えてくれた。横断幕が埠頭から見えなかったのは、中国側の配慮だったのかもしれない。おそらくそうだ。

狭隘で迷路のような船内を、肩をすくめながらしばらくの間、ぐるぐるめぐり歩くと、ある一室に辿り着いた。そこには整然と立ち並んだ青年たちがいて、控えめな拍手と少々作られた笑顔で、ぼくたちを迎え入れてくれた。部屋は応接間と思われた。

上座には二人の幹部乗組員が座し、その右手にぼくたち一〇名ほどの日本人が並んで座った。左手には中国の青年乗組員たちが席に着いた。日中の若者が長大なテーブルを挟んで、集団見合いのように緊張した面もちで対峙した。

二人の幹部は政治局員と船長だと紹介された。中国共産党は、すべての職場に政治局員を配置していると、事前にS先輩から聞かされていた。交流の場の仕切りは、すべてこの政治局員が主導した。幹部二人の背後には大きな肖像画が二面掲げられている。毛沢東と、もう一人はルーマニア共産党書記長ニコラエ・チャウシェスクだった。

ぼくたちの交流は政治局員によってしっかり管理されていた。趣味は何か、どんな夢を持っているのか、何を勉強しているのか……。質問も答えも、仕組まれた調和の中、面白味のないものばかりだった。ぼくは、退屈な気分になっていた。すると、ただ一度、交流の名にふさわしいシーンが訪れた。

中国側からお茶が振る舞われたのだが、蓋つきの茶器に、茶葉もろとも注ぎ込まれたお茶が供された。お茶を啜（すす）ろうとするとその茶葉がもろに口の中に流れ込んでくるのだ。茶器に口を近づけると、まず、茶葉を息で吹き蹴散らし、茶葉が散ったその瞬時をとらえて、素早く茶湯を啜り上げなければならない。一瞬の時を逃すと茶葉が押し寄せてくる。あわてると火傷をする。飲みづらいこと甚（はなは）だしい。

退屈なやりとりをよそ目に、ぼくが茶葉と格闘していると、その様子を見ていた一人の中国青年がすっくと立ち上がり、テーブルをぐるりと迂回して、飛ぶようにぼくのもとに駆け寄ってきた。青年は身振り手振りで、お茶の飲み方を教えてくれた。

青年はまず、茶器の蓋を茶器本体に戻した。そして、ほんの少しだけ蓋をずらして飲むのだ、そうすれば茶葉の侵入を防げるのだ、と、身振り手振り。

やってみた。おお、これなら飲める。ぼくは勇気を出して「謝謝（シェシェ）！」と少し大きめの声で礼を言った。親善交流の場に初めて、親善交流らしい若者の笑い声がわき起こった。

（ああ、やっぱり来てよかった！）

ぼくはそう思った。

数日が経って、東風（トンフェン）は爽やかな風を残して、中国に帰って行った。

東風訪問から一週間が経った頃のことだった。血相を変えて四〇四号室に飛び込んできた者がいた。バタンと勢いよくドアが開いたかと思うと、「周防、いるか！」と叫んだ。五一〇号室に住む同級生の木谷だ。彼は東京出身者だったが、寮に入っていた。

「おまえ、何かやったのか？」

木谷によると、彼の父親からぼくのことについて聞かれたというのだ。

「寮に周防という学生はいるか？」

「周防ってどんな学生だ？」

つまりは、政治的活動をしているかどうかの確認らしかった……と、木谷は説明してくれた。東風の件だなと、容易に察した。

木谷の父親は警視庁交通局に勤める警察官だ。公安関連部署からの問い合わせに違いなかった。警告か？　回りくどいことをするものだ……。

中国船訪問が法規に触れる行為であったことは、確かだ。木谷の話に耳を傾けながら、「やむを得ない」と覚悟した。木谷は友人としてぼくに伝えてくれたのだ。木谷はいつもぼくのことを気遣ってくれる。ひと言、「ありがとう」と礼を言った。が、東風のことは、ひと言も口にしなかった。

それからしばらくの間、「いつか警察が来るかもしれない」という怯えとともに暮らすことになった。茨の枝のつかみ方を、ぼくは少し、誤ったのかもしれない。

あの日、東風に乗船しようとした時、晴海埠頭でS先輩がぼくたちに言った言葉の意味が、この瞬間（とき）、現実となって鮮やかに蘇った。ぼくは初めて、国家権力の生暖かく濃い息が、自分の首筋に吹きかかるのを感じた。暗闇の奥に、黒牛の眼球がギョロッと、不気味にひと動きした。

この頃から、ぼくは少しずつ強くなっていったように思う。

（六）山のあなた

――未来が、逸脱を開始した

東京に来てあっという間に三ヵ月が経っていた。キャンパスでは、ストライキとロックアウトが繰り返されていた。何もかもが混乱するばかりで、ぼくの未来へのまなざしは、右往左往した。そこにヘドロを見せつけられて、夢も、かがやく未来も見あたらなかった。ぼくは、それを腹立たしく感じていた。

（いったい、どうなっているのだ！）

自分の未来が、どこかへ逸脱していくように思われた。

何かにすがりたい、誰かにすがりたいという思いを強くしていると、目黒川の老女が眠りの意識の中に現れた。老女が何者なのか、まだ分からなかったが、この頃のぼくには、唯一、心を許せる相手になっていた。老女にだけは、なんでも話せた。老女に悩みを打ち明けると、彼女はこんな話をしてくれた。

山間（やまあい）の奥深いところに小さな村があった。村人たちは貧しく、それぞれが自給自足の生活を送っていた。この貧しい村からいつか旅立ち、大きな幸せをつかみたい、そう思い続ける一人の若者がいた。若者はいつも周辺に夢を語っていたが、どうすればいいのか分からなかった。

村にカールブッセ爺さんという年寄りがいた。ある日、若者はカールブッセ爺さんに尋ねた。

「お爺さん。幸せはいったいどこにあるのですか？　ぼくの未来はどこに行けば見つかるのですか？　教えてください」

「では、教えよう」

カールブッセ爺さんはすっくと立ち上がり、遠く山を指さして言った。

「若者よ、あの山が見えるか？　幸せはあの山の向こうにある。君の未来はそこに見つかるだろう。行ってみるがいい」

若者は、一人の友とともにカールブッセ爺さんが指さした山をめざし、村をあとにした。

若者が辿り着いたところには、しかし、幸せは見つからなかった。自分の村よりももっと厳しい生活を目の当たりにするだけだった。若者は肩を落とし、友とともに涙して故郷の村に帰ってきた。肩を落とした若者の姿を見て、カールブッセ爺さんが声をかけた。

「若者よ、そこではない。あの山のもっと向こうに、幸せは見つかるのだ」

若者はふたたび山の向こうの、そのもっと向こうの山をめざした。しかし結局、そこにも幸せは見つからなかった。ふたたび失意にまみれ、若者は故郷の村に戻った。その姿を見て、カールブッセ爺さんが若者に語りかけた。

「若者よ、どうだった。何があった？　何が見えた？」

若者は、語気を強めて言い返した。

「幸せなど、どこにもありはしなかった。ぼくの未来など、どこにも見つからなかった。あなたは嘘つきだ！」

カールブッセ爺さんは、うっすらと笑みを浮かべて言葉を返した。

「私は嘘などついていない。幸せの在り処、君の未来の本当の在り処を、私は教えたではないか。君にはまだ分からないのか。分からないのなら、さらに遠く、山の向こうに行ってみることだ」

若者はそれから一年の間、カールブッセ爺さんが言った言葉の意味を考え続けた。そして一年と一日が経ったその日の朝、若者は小高い場所に立ち、ふるさとの山、川、そしてそこに働く村人たちの生活を、静かに見つめていた。そして気づいた。

村に、それから十年の歳月が流れた。若者の故郷は、豊かな共同の村に生まれ変わっていた。村人たちのそれぞれの能力や事情に応じて、自然な分業がおこなわれていた。狩猟場となる森や、作物を生み出す田畑は、すべて共有した。経験や技術もまた村の知識として共有された。誰のものでもなく、誰のものでもあるのだ。生産物は公平に分けられ、余剰生産物の売上代金はすべて共同管理された。作付けのうまくいった村人も、何かの事情でうまく収穫できなかった村人も、せっかく実った作物を野生動物に食い荒らされてしまった村人も、みんな公平に分け合った。共同体は穏やかで幸せな営みを続けた……。

老女の話は、ざっとこんな内容だった。

彼女の話は、しかし、これで終わりではなかった。若者の村に、まもなく新しい困難が訪れるのだと言った。老女は絶望したような表情を浮かべ、意味ありげにそう言い残して、姿を消した。

老女によれば、その困難は、ヘドロに繋がる根源的なものだという。

（七）輪行

焦りにも似た感情を抱え、イライラした日々を送っていると、S先輩がやって来た。感情をぶつけてしまった。

「状況を、自分でも少しは考えてみなきゃと思うのですが、いったいどこからとりかかればいいのか……」

「周防君、ぼくも大して変わらないよ。同じようなものだ。ほかのみんなも、たぶん同じだと思うよ」

Sさんは少し間を置いて、こう言葉を足した。

「何も考えないという道もあるけどね……」

意外な言葉だった。信念の人だと思っていたSさんにも、わずかながら、諦念のような感情のあるのを知る思いがした。

Sさんは、新しい世界を見つけようとして、新左翼運動に飛び込んでいるのだろう。しかし、一九七〇年代に入って、その試みはうまくはゆかないことを、どこかで本能的に感じとっているかのような、そんな言葉にも聞こえた。言葉の表情は、世情を語るかのように、寂しげに沈んでいた。

「何も考えないという道もあるけどね」という、Sさんが発した言葉の本当の意味を知ったのは、この日からずっと後のことだった。社会に、傍観が息を吹き返し始めていた。

Sさんは、気を取り直したのか、一つぼくにアドバイスをくれた。

「何か一つのテーマを見つけて、それに取り組めばいいんじゃないかなあ。一つのテーマを手繰り寄せると、次から次へと芋づる式に疑問や課題が現れる。そして気づくんだ。関係なさそうないろんな事象が、実は一つの同じ原理のもとで動いていることを……」

Sさんは、考え深げにそう言った。

〈すべては一つに繋がっている〉

Sさんのこの言葉は、この後、ぼくの心を小さく揺さぶり続けることになる。

ぼくは、S先輩の言う、「取り組むべき一つのテーマ」を探し始めていた。そのためもあって、積極的にアルバイトにも出た。と言っても、その現実的な目的は、学費と生活費を稼ぐことにあったのは、もちろんのことだ。

七月に入ると、一年生には館山での臨海実習が待ち受けていた。遠泳とカッター・ボートの力漕で、逞しくなる一週間の訓練が終わると、初めての夏休みに入っていった。

ぼくは、高速道路の清掃アルバイトに就いた。二人一組で清掃車に乗り込み、都内の高速道路を走りながら、道路上の落下物やゴミを拾い集めるという仕事だ。一人は運転手で、首都高速道路公団の請負業者から派遣された労働者ということだ。助手席には、ぼくたちアルバイト学生が乗り込む。ゆっくりとした速度で高速道路を走り、落下物やゴミを見つけると清掃車を停め、荷台に拾い上げるのだ。作業は、交通量の少なくなる真夜中に始まり、明け方近くまで続いた。

こうして走ってみると、高速道路にはけっこう意外なものが落ちている。タイヤホイールやトラック荷台のカバーシートなどは、さもありなんと思う。だが、タイヤそのものが転がっていたり、キャベツの詰まった木箱が幾箱も散乱していたり（道路はもうキャベツだらけだ）、畳が何枚も落ちていたり、角材が何本も散らばっていたりする。トラックの荷台からの落下物と思われるが、これが想像以上に多い。

これらの落下物は、それでもまあ、因果関係を推測できる。が、時々、どうにも想像できないものが落ちていることがある。たとえばある日などは、女物の下着が大量に道路上に散らばっていた。精力絶倫の若いオスには、この上ない刺激的光景だ。いったいどんな事情でこういう事態になるというのだ！　まったく合点がいかない。ぼくの想像力を遥かに超える事態だ。本能と理性が、しばらく入り乱れる……。

この世には想像もつかないことがあるのだということだけは、ぼくにも分かった。

このアルバイトのもう一つの勘所は、相棒の運転手だ。気のいい運転手は、大きな落下物がある時や、落下物が多い時には、清掃車を一緒に降りて作業を手伝ってくれる。だが、だいたいはアルバイト学生一人に回収させ、自分は車の停発進だけを担おうとする。もっとひどい運転手になると、車から降りた学生を助手席に拾い上げず、しばらく高速道路を走らせるのだ。

ぼくのように、普段から運動部で鍛えている者にとっては大して苦にはならない。トレーニングだと思えば、どうということもない。この運転手と一生付き合うわけではないと自分に言い聞かせれば、気持ちのバランスを保つこともできる。逆に、こんなことをして運転手のほうがばつが悪いのではないかと、気遣ったりもする。なんでこんな仕打ちをするのか、助手席に戻ったら聞いてやろうかと、走りながら考えることもあったが、助手席に戻る頃には、その感情は消えている。

運動など普段やっていない学生には、この仕打ちが耐えられないようだった。詰め所で出発を待つ間、学生同士で愚痴を言い合っているなと思っていたら、翌日にはもう、さっさとこのアルバイトからいなくなっていた。

このような運転手と組んでしまった時には、自分の感情を抑える手立ても必要になる。さまざまな人格との微妙な人間関係を保ちながら、労働をともにしなければならない。そのむずかしさ。社会に出て働くとは、こういうことなのだろうなと思った。

高速道路のアルバイトを終えて、公団事務所から帰りの駅に向かって歩く途中に、一軒の自転車店があった。出勤時には夜の暗闇に気が付かなかったが、帰りはもう夜が明けているので目にとまる。閉じられたシャッターには、「中古自転車あり 八〇〇〇円」という張り紙があった。手書きで、やたら大きな字で書かれている。アルバイトは五日続いたが、日増しにその中古自転車のことが気になっていた。

アルバイト最終日。中古自転車の張り紙は、まだシャッターに張り付いている。この日が見納めかと思った瞬間のことだった。「ほしい。手に入れたい」という強い衝動が襲ってきた。財布には、もらったばかりの現金がある。近くを見渡すと、一軒の純喫茶が目にとまった。自分たちのような徹夜労働や早朝労働を担う労働者たちを客にする店と思われた。そこで自転車店の開くのを待つことにした。

自転車店を見通せる位置に席をとって、どさっと腰を投げおろした。すかさず、おしぼりと水が来た。モーニングを注文した。おしぼりで存分に顔をぬぐった。水をお替わりした。モーニングが運ばれてきて、ふたたび水をお替わり。トーストとゆで卵を胃袋に放り込んだ。一つ、大きなため息が出た。

三〇分ほどが経ったが、自転車店はまだ開かない。それはそうだ。時計を見るとまだ六時半だ。店員さんに尋ねた。「八時には開きますよ」と教えてくれた。それを聞くや、ぼくは、うとうとし始めていた。

あの自転車がほしいと、いったん決心すると、誰かが先に買っていくのではないかと焦る。店の開くタイミングを逃すまいと、眠気と闘った。しかし冷静に考えてみれば、何日も売れない八〇〇〇円の中古自転車など、いったい誰が買うものかとも思う。それでも手に入れるまではと、やきもきして、自転車店の開くのを待ちわびた。その時、徹夜明けの強い眠気が、ふうっと迫った。ぼくを夢とうつつの行き交う空間へ引きずり込んだ。ぼんやりと意識に浮かんだのは、あるテレビドラマだった。

この頃、多くのアメリカのテレビドラマが日本に輸入され、放送されていた。その中の一つに、邦題で『さすらいのライダー』という一時間もののドラマがあった。原題を『Then Came Bronson』と言った。たった半年間の放送だったが、好きで必ず視聴していた。人生を見つめ直そうとする若者の物語だ。

主人公の青年が新聞記者の仕事をやめ、ハーレーダビッドソンのスポーツスターに跨(またが)り、米国内を気ままに旅するという設定だ。旅の途中にいろいろな出来事と出合い、さまざまなありようの人生を知り、刺激を受け、考え、自分を見つめ直すという内容だ。まあ、よくあると言えば、よくあるパターンの青春ドラマだ。

残念ながらと言っていいのかどうか、一話一話において奇想天外でわくわくする展開があるというわけではなかった。アクション性も皆無だ。起伏の少ない、日常の庶民的な出来事が淡々と展開していく。そういう意味でも娯楽性に乏しいドラマだったかもしれない。だからだろうか、放送は半年で終わった。

それでもぼくが強い影響を受けたのは、実は、毎回の本編ではなく、そのプロローグにあった。そこには小さな物語が展開していた。

主人公がスポーツスターに跨り、荒野の一本道を走っている。やがて喧騒の町並みに入ってくる。赤信号にさしかかり停止する。そこには何台もの車が停まっている。乗用車、小型トラック、バイクと、さまざまだ。たまたま隣り合わせに停止した乗用車の窓から、中年サラリーマン風の男性ドライバーが顔を出し、主人公に話しかける。

「旅かい。いいね。私もそうやって旅に出てみたいよ」

すると主人公が男性のほうを振り向いて、こう言う。

「じゃあ、そうしたら」

そうひと言だけ言うと、信号が青に変わり、青年はハーレーを発進させ、疾風のごとく通りすがりの町を立ち去っていくのだ。それだけの場面だ。毎回番組の初めにこの場面が流れる。

ぼくはこの場面が好きだった。「じゃあ、そうしたら」という主人公のひと言に共感したのだ。本当にそうしたいと思うなら、そうするべきだ。この頃のぼくには、そんな、ちょっと青臭い人生観があった。


ガラガラガラ……。自転車店のシャッター音が響いた。はっと、われに返った。喫茶店の勘定を手早く済ませ、小走りに自転車店に向かった。店に入るとすかさず店先の中古自転車の購入を意思表示し、店主との交渉に入った。

長距離走行に合うようにハンドルをセミドロップに改良してもらいたい。この自転車で大阪まで帰るので車体がもつよう丈夫にしてほしい……。そう注文した。二〇〇〇円の追加料金がかかり一万円を支払って、ついにぼくはその中古自転車を手に入れた。ぼくのハーレーダビッドソンだ。

この後、荷台に取り付けられる旅行バッグ、空気入れ、パンク修理キット、キャンプ用の寝袋、水筒、そして地図を買いそろえた。八月一日正午の寮出発をめざし、準備にとりかかった。

高速道路の清掃アルバイトを通して、ぼくはS先輩の言う、「一つのテーマ」らしきものに辿り着こうとしていた。車一台、人っ子一人いない深夜の高速道路で、五日間にわたって見つめ続けた落下物やゴミ。得体の知れない物、物。華やかな白昼の社会の裏側で、是非もなく存在する邪魔物のあることを、ぼくは知った。それらが、未明の目黒川で遭遇したダルマ船や櫂が巻き上げた、あの毒々しい汚泥の様態に重なった。

繁栄の裏側でひそかに存在し、怪しく蠢くものの中にこそ、繁栄の正体が見えるのではないか。経済成長を続ける社会の中に、いくつもの矛盾が蠢いている。「ヘドロ」は、その一つだ。今や、海や漁業を無遠慮に毀損し続けるものだ。水産大生のぼくに、このテーマはふさわしいのではないか。深夜の高速道路を見つめながら、ぼくは、そういう思いに辿り着いたのだった。

ヘドロはいったいどこから来ているのか、何と結びつくのか。それを手繰り寄せれば、何に辿り着くのか。S先輩の言うのは、そういうことなのだろう。

公害の実態を、東京から大阪までの海岸沿いに、この目で確かめてみよう。ぼくは、この輪行の目的をそう定めた。バイト先で偶然に出合った一台の中古自転車に跨って、ぼくは小さな冒険に出ることにした。

何も考えないという道を選択するわけにはいかないのだ。

（七）輪行

輪行日誌には、次のようなことが記された。

第一日。

学生寮から、自宅のある大阪・八尾市までざっと五〇〇キロメートルの行程になる。これを一日一〇〇キロで走り通す。予備日を一日とり、六日で走破するという計画を立てた。暑い日中の走行を避けるため、四時半起床、五時輪行開始。午前一〇時まで距離を稼ぎ、一〇時から午後二時まで見学、食事、休息などで体調を整えることにする。午後二時から七時までを、ふたたび距離を稼ぐ走行にあてる。

　陽が陰る頃、銭湯を探して疲れと汗を落とし、食堂を見つけて夕食を楽しむと、一日が終わる。こんなふうに計画し、八月一日正午、寮玄関前から輪行をスタートさせた。

　一夜目の宿泊は、三浦半島城ヶ島の公園ベンチになった。夏のやぶ蚊に悩まされながら、寝袋にすっぽり蓑虫になった。あっという間もなく、深い眠りに落ちた。


　第二日。

　計画は立てたものの、事はそう思うようには運ばない。最初の難関は箱根越えだった。文明の利器を使わない限り、箱根越えの難儀は、昔も今も変わらないことを知る。

　小田原の街を出たあたりから、自転車はお荷物と化した。延々と続く上り坂を手で押していくしかなかった。

　ようやく辿り着いた二日目の夜は、芦ノ湖湖畔。小さなあずまや風の建物の軒下を拝借。野宿を構える。遠くでは、立派なホテルの灯りが、きらきらぼくを嗤(わら)っている。

　知ったことか。俺には俺の行き方がある。そう強がってみても、ぼくには今日、風呂もない。

第三日。

すがすがしい早朝の空気と、その中に浮かぶ芦ノ湖と、そして元気な小鳥のさえずりがある。これで気を取り直す。

田子の浦港と富士川の現実を見ることを、今回の輪行の最大の目的にしている。今日がその日だ。公害が全国的な問題になっている中、田子の浦や富士川の汚染はその象徴的事例となっている。この地域には一大製紙工業が展開しており、その工場群から排出される廃液、廃棄物が川や海を破壊し続けている。林立する煙突から、にょきにょきと立ち昇る煙の柱の一群は、富士の山景にまったくふさわしくない。

田子の浦港に立った。先入観からだろうか、何かにおいを感じる。それは明らかに潮の香りではない。

「これがヘドロのにおいか……」

目黒川のヘドロのにおいとは、ちょっと違う気もする。

話を聞けそうな人を探した。漁協のマークの入った野球帽をかぶった人が目にとまった。近寄っていき、話しかけた。地元の漁師だという。漁師さんは気さくに話し相手になってくれた。

「田子の浦に堆積するヘドロの量は百万トン以上にもなる」と、漁師さんは言った。百万トンがどれほどの物量なのか想像もつかない。ただ、「へぇ〜」と言うしかない。田子の浦に流れ込む廃液は、駿河湾全体の漁業に大きな影響を及ぼしているらしい。特産のサクラエビも、漁獲量を大きく落としているとのことだ。そればかりか、背びれや尾ひれのボロボロになった魚や、背骨が湾曲した魚が揚がるという。富士川から駿河湾に流れ込む水は、外洋に流れ出ていく一部を除いて、大半が湾内に留まり循環する。この特異な海流の流れがサクラエビの受精卵や幼生を湾内に留まらせ、特産のサクラエビを育んでいる。しかし、この海流の流れが、逆に廃棄物を必要以上に湾内に堆積させているのだ。

ヘドロは定期的に浚渫（しゅんせつ）するそうだが、浚渫した泥をどこに投棄するかでも、またもめているそうだ。矛盾は、自ら新たな矛盾を生み出し、醜い姿を重ねている。

ヘドロという言葉は、「反吐（へど）」と「泥（どろ）」からできた造語だと初めて知った。田子の浦港に堆積した汚泥を除去する作業に当たる人たちが、あまりの悪臭とその扱いにくさに、「これはまるで反吐のような泥だ」と言ったことから、反吐泥（ヘドロ）という言葉が生まれたのだと、漁師さんは教えてくれた。ヘドロという言葉は、れっきとした日本語だったのだ。ぼんやり、外国語だと思っていたぼくは、小さな驚きとともに、ここでもまた自らの無知を知らされた。ぼくは、まだ何も知らない。

言葉に関して言えば、「公害」という言葉にも、違和感を持ち続けていた。「公害」を和英辞典で調べてみると pollution とある。そこには「公」の概念や意味合いはない。ずばり「汚染」だ。

さらに調べてみると、「『公害』という言葉は官僚の造語だ」と書いている文章に行きあたった。『朝日ジャーナル』ではなかったろうか。「公害」という言葉には、企業の経済活動に配慮しようとする、国家の意図があると書かれていた。汚染源と被害の因果関係をあいまいにしようとする意図があるのだと、そう指摘していた。

この記述を読んだ時、ぼくは、なるほどと思った。田子の浦を破壊するヘドロの現実を目の当たりにして、その主張にあらためて共感する。これは公害なんかじゃない、れっきとした「私害」だ！　そう実感する。

しかし、この現実を目の前にしても、ぼくになす術はなく、ただ無力を思い知るだけだ。無力を引きずりながら、ぼくは田子の浦をあとにした。逃げ出していくような気分になった。

途中、三保の松原や登呂遺跡に立ち寄った。景勝地や遺跡をめぐりながら、今日は焼津まで走った。そこに宿を定めた。今夜の優先課題は、とにもかくにも風呂だ。ああ風呂に入りたい。一心に銭湯を探した。

入浴で心身を癒し、夕食で飢餓を満たし、寝袋に潜り込んだ。この夜は寝つけなかった。寝袋の中で、一日を振り返った。田子の浦の強い印象が、夜になっても、ぼくの意識を鋭敏にしていた。気持ちは高ぶり、いつまでも落ち着けなかった。老女にすがった。老女ならこう言ってくれるだろうと、自分を慰めた。

「今の無力を嘆く必要はない。すべては、認識と共感から始まるのだ。心配することはない」

少し落ち着いてきたぼくは、旅程の変更を考え始めていた。

(明日は名古屋に入らず、渥美半島を伊良湖岬まで行き、あさって伊良湖岬から鳥羽まで海路を行くことにしよう!)

どうしても海が見たいと思った。そう決めると、ようやく、地面に吸い込まれていくように、深い眠りにつくことができた。

第四日。

朝、いつもの通り四時半に起床し、相棒のハーレーを点検した。なんということだろう、後輪がパンクしているではないか。パンク修理などやったこともないし、やる気もなかった。が、パンク修理キットはある。ほとんど使う気もなく、形ばかり購入した修理キットだったが、使うことになるとは想定外だ。そもそも、パンクしたら町の自転車店に飛び込めばいいと、端からそう考えていた。内心自分でもあきれる。

この中古自転車を買った店の店主の仕事ぶりを、冷静に思い出してみた。まずゴムタイヤを外し、中のチューブをむき出しにする。空気入れで空気を注入する。膨れたところで、チューブを順次水の中に浸していく。そうして空気の漏れている箇所を探す。見つけた！その箇所を紙やすりで擦(こす)る。穴をふさぐ接着剤をたっぷり塗る。その上から布テープを貼る。できたではないか！　小さな達成感を手に入れた。

「よし、自分にも自転車店をやれるぞ！」

おいおい、それは思い上がりというものだ。

接着剤の乾き切るのを待って、五時半には輪行をスタートさせた。大井川を越えて、海沿いにまず御前崎をめざした。左手には、駿河湾から太平洋に至る雄大な景色がひろがる。その頃には、ヘドロのこともパンクのことも、もうすっかり忘れていた。御前崎で休憩をとり、雄大な景色を思う存分に堪能して、伊良湖岬をめざした。

しばらく行くと、「浜岡」という道路標識が目にとまった。そう言えばここが、新しく原子力発電所の設置が決まった浜岡ではないか。「原子力発電所建設予定地」という標識がある。間違いない。

幹線道から外れ、標識に沿って相棒をすすめた。まだ原発と想像させる建造物は見えない。建設事務所らしいプレハブの建物だけが見られた。「一九七六年一号機運転開始予定」と掲示板にある。まだ五年先だ。建設反対運動も起こっているようだ。建設反対を意思表示する手作りの掲示物が、いくつか見える。

今全国に、原発の建設計画が持ち上がっている。島根半島の故郷近くにも、原発ができようとしている。建設反対運動もまた、それぞれの地元で起こっている。すでに工事が始まっている。それは、大造丸の母港に、わずか三〇キロに迫っていた。

まだ姿を見せない浜岡原発を、太平洋の海原を背景に想像しながら、ゆっくりと踵(きびす)を返し、渥美半島に向けて輪行を再開した。サドルの上で、ぼくは、遠軽(えんがる)さんを思い出していた。

遠軽さんは、朋鷹寮の住人で、いいアルバイトが見つかるといつもぼくに声をかけてくれる気さくな先輩だ。遠軽さんは、故郷N県の原発建設反対運動に取り組んでいる。いつだったか、こんな会話を交わしたことがあった。

「これから全国で原発建設がすすむだろう。問題は、決まってその建設場所が、都会ではなく地方の片田舎になるということだ」

遠軽さんは、そのことを問題視していた。建設コストや維持費が安く済む。それに言いにくいことだが、事故が起きた時、被害が少なくて済む。それぐらいの理屈は、ぼくにも想像できた。ぼくの故郷に近い島根原発は、「県庁所在地に一番近い原発」と、皮肉を込めて言われている。わざわざそう形容される理由が、遠軽さんの問題意識に繋がる。

遠軽さんはこうも付け加えた。

「地縁による結びつきが強く、経済基盤が弱い。そのため、合意形成が容易（たやす）い。政治的費用も少なくて済む」と。

またこうも言った。

「しかし一番の不条理は、都会に住む者の便益のために、原発建設地に暮らす者がそのリスクを背負わされることだ」

ぼくはその時、ほとんどあてずっぽうのままに訊いた。

「原発の問題は、ヘドロと結びつきますか?」

遠軽さんは、一瞬の躊躇(ためら)いもなく言い切った。

「同根だ!」

今、そのことを思い出す。

名古屋市内に入るのをやめて、伊良湖岬に目的地を変更したのは、田子の浦の惨状を見たからだった。伊勢湾の汚染もひどいと聞く。その様子を海上から見つめてみたいと思ったのだ。

伊良湖岬に到着したのは、もう午後七時をまわっていた。国民休暇村を近くに見ながら、野宿先を探した。明日の連絡船の待合室と交渉し、宿が定まった。今日の野宿は、大きな屋根の下だ。

第五日。

連絡船の航路は、伊良湖岬から鳥羽まで、伊良湖水道を横切る。伊良湖水道は伊勢湾の太平洋への出入り口となっている。水道海域には神島、菅島、答志島(とうしじま)などの小島が点在していて、美しい風景を作り出している。連絡船はそれらの島々の間を縫って航行する。

　ぼくは海面を凝視した。におい、色、透明度。そしてもう一つ、連絡船の航跡を幾度も確認した。スクリューに巻き上げられる海水の色は、わずかに透明感のある赤茶色をしている。そこに水泡が混濁する。悪臭は上甲板からは特には感じないが、透明度はほとんどない。連絡船の航跡を見ると、泡立った航跡がいつまでもいつまでも消えることなく、海面に漂い続けている。その長さは、明らかに自然から逸脱している。異様でさえある。船首が両舷に分ける波跡も、また同じ様相を見せている。海上にひろがる美しい風景の底で、海は間違いなく汚れている。

　連絡船が鳥羽港に接岸したのは、午前十一時だった。このあとは陸路になる。三重、奈良の山々を越えて大阪に至るには、とても半日では無理だ。標高一二〇〇メートルの高見山地を越えなければならない。

まず、松阪から高見峠をめざす山道に入り、可能な限り高見峠に近い山間の村まで行くことにする。暗くなる頃、そこに宿を構えて、明日の峠越えに備える。そう決めて、輪行をすすめた。

　松阪から高見峠に至る山道に入ると、まもなく、相棒を降りなければならなくなった。あとは、ひたすら自転車を押し歩くだけだ。やむなし。

どこに宿を定めるか。判断を誤れば真っ暗な山中となってしまう。やはり人の気配のする場所にしたい。地図を見た。この先に粟野という集落がある。ここを過ぎると、しばらく人里がなくなる。本日の宿を粟野に定めた。家の灯りが見える場所に、寝袋を広げた。

第六日。

計画最終日の朝が明けた。予定通りに事がすすめば、日中まだ陽の高いうちには大阪の自宅に到着する。いよいよだ。岩肌を流れる清水で顔を洗い、強ばった全身を体操でほぐし、いつものように愛車の点検にとりかかった。

これはまずい。前輪の車軸が折れている！　一軒のお宅を訪ねてみたが、この山間に自転車店などあるわけもない。松阪まで戻らなければならないと家主は言った。

このままだと、自転車を押して行くこともできない。峠を越えて下りに入っても、自転車に跨ることもできない。自転車をここで放棄し、あとは徒歩で行くか。奈良の桜井まで行けば鉄道がある。バスも走っている。ぼくはしばらく思案した……。

「相棒を見捨てるようなことはできない！」

これが結論だった。合理的な判断とは言いがたい。それは分かっている。やすっぽい情に溺れた感情論だ。そんなことは百も承知だ！　百も千も承知だが、理性が情に敗れたのだ。

「どうしてここに相棒を見捨てていけようか！　うるさい、黙れ！　人間はいつも理性的な判断をするとは限らないのだ。常に合理的な行動を取るとは言い切れないのだ。それが人間というものだ！」

理性と情のひとときの格闘にけりをつけ、ぼくは相棒を肩に担いだ。そうして、高見峠をめざして歩みをすすめた。

一心不乱に歩いていると急に腹が減ってきた。考えてみれば、まだ朝めしも調達できていない。ああ、腹が減った。

三時間ほど歩いたところで、小さな集落に辿り着いた。人を探しあて土地の名を尋ねると、「波瀬」というらしい。このような山間で「波の瀬」とは。何か謂れでもありそうに思ったが、好奇心もそこまでだった。すでに尋ねる気力も残っていなかった。

「高見峠まで、あとどのくらいの距離でしょうか？」

「三キロほどやね」

そう聞くと、路傍の岩に腰をおろした。水筒の水で空腹を紛らせていると、さっき尋ねたお宅のお婆さんが、おにぎりと麦茶をお盆に載せて持ってきてくれた。ありがたい差し入れだった。目黒川の老女より、優しく思えた。

「どうもありがとうございます」と言い切った時にはもう、ふた口めをかぶりついていた。恐縮するそぶりを見せる余裕もなかった。礼節を失うほどの空腹だった。

「自転車、どうしはったの？」

もうここらあたりは関西弁だ。懐かしさとともに、元気が湧いた。

「故障したんです」

「それはお気の毒に。大宇陀（おおうだ）まで下りはったら、確か自転車店があったはずやわ」

大宇陀……。地図を見る。峠から大宇陀まで、ざっと一五キロ。たいしたことはない。そう言い聞かせる。

波瀬のお婆さんからいただいたおにぎりと、麦茶と、そして人情を腹に流し込んで、ぼくの気力は蘇った。食足りて礼節を取り戻したぼくは、こんどは丁寧に礼を言い、波瀬をあとにした。

波瀬から一時間ほどで、高見峠に到達した。すっかり時間が読めなくなってしまった。気持ちは先を急いた。高見山地の眺望を楽しむ余裕など、もはやない。行く手が下りに転じて、どうやら高見峠を越えたらしい。この先、少しは楽になるだろう。何も考えないようにして、一心不乱に歩いた。肩では、相棒が恐縮がっている。なあに、気にすることはない。

大宇陀までの一五キロを、粛々と、脇目も振らず歩きに歩いた。大きな疲れを感じることもなく、大宇陀の町に入った。自転車店を尋ね探した。あった。自転車店の店主は、しばらくの間、まじまじとぼくの相棒を見ていた。そして言った。

「これはどうしようもないな……」

「大阪の八尾まで帰りたいんです。なんとかそこまで持つようにしてほしいのです」

「うーん。やってみるか」

店主の腕はよかった。

「これでどやろか。今日一日はなんとか持つやろ」

そう言いながら店主は、自分の体重を自転車に預け、二度三度、前輪に負荷をかける仕草をした。そして、「よしっ！」と言った。

「ありがとうございます。いくらでしょうか？」

「本格的な修理じゃないし、ええわ」

「え？　それでは……」

「できるだけ衝撃の少ない乗り方をするんや。明日には本格的な修理に出したほうがええ。気をつけて！」

店主はそう言葉を重ねながら、もう修理道具を片づけ始めていた。ぼくは申し訳なく思い、ひたすら感謝した。

「それではお言葉に甘えて。ありがとうございました」

そう礼を言って、店を出立した。

相棒の走りに問題はなかった。桜井、橿原、大和高田を抜け、王寺からいよいよ奈良街道（国道25号線）に入った。ここまで来れば、もう自宅の庭のようなものだ。生駒山地の山間を流れる大和川（やまとがわ）沿いを走り、そこを抜けると一気に自宅まで繋がっている。

大和川は、子どもの頃よく泳いで遊んだ川だ。しかしすでに、汚染で遊泳禁止となっている。それどころか、全国で一、二を争う汚染河川として知られるようになってしまった。

愛車を停めて河原に下りてみた。あちらこちらで、魚たちが白い腹を見せて浮かんでいる。ふたたび子どもたちの泳げる日は来るのだろうか……。大和川の思い出を回想しながら、ハーレーを走らせ、夕刻七時、どうにか無事に自宅に辿り着いた。相棒は、ハードな走行と幾多の困難に耐え、立派に役目を果たした。こうして、真夏の輪行は終わった。


第七日。

朝、相棒の様子を確かめてみると、前輪の車軸はふたたび折れていた。

輪行日誌は。ここで終わっている。

大学のポンドで櫂が巻き上げたヘドロ。目黒川で遭遇した、下水の汚物を満載したダルマ船。高速道路のゴミや落下物。田子の浦の反吐のような泥。背骨を湾曲させて泳ぐ魚。これから問題となるだろう核燃料廃棄物。ふるさとの川に白く浮かんだ小魚。これらはみな、人間の日常生活と経済活動から生み出されたものだ。これらを見つめて、ぼくは、いつだったか遠軽さんの教えてくれたことを思い出していた。

「便利なものを次々と生産する裏側で、同時に排出されるさまざまな負の現実は、人間が選択した生産様式の矛盾を表象している……」

遠軽さんはそう言っていた。

「原発の問題は、ヘドロに結びつきますか?」と、ぼくが聞いた時、「同根だ！」と言い切った遠軽さんの言葉が、輪行を終えたこの時、ふたたびぼくの心を揺さぶった。

お盆までを大阪で過ごし、東京に戻ったぼくは、ダルマ船について調べ始めた。都会の屎尿処理は、いったいどのようになっているのだろうか? 屎尿は人間自身の排泄物だ。言ってみれば廃棄物問題の原点だ。そんな少々気負った思いもあった。ぼくは屎尿のゆくえを調べ始めた。

「保健婦雑誌」という月刊雑誌の一九六七年五月号に辿り着いた。「海洋投棄船 大都会の汚れのゆくえ」という特集テーマで記事になっていた。都内で排出される屎尿の五〇パーセントは、この時まだ、処理できず海洋投棄されていると書かれていた。

ダルマ船は、正式には「屎尿処理船」と言うらしい。通称「おわい船」と呼ばれていることも分かった。都内の家庭や事業所などからバキュームで回収された屎尿は、まず、屎尿処理船に積み込まれる。それを東京湾内まで運び、そこに待つ数百トン規模の海洋投棄船のタンクに積み替えられる。積み替えられた屎尿は、最終的に大島沖まで運ばれ、黒潮の流れに乗せるように投棄されると書かれている。屎尿処理船への積み込みから大島沖投棄まで、一昼夜を要する航海になるという。

東京都には四隻の海洋投棄船があり、八六人の職員が二隻の二組に分かれ、休みなく運航していると書かれている。毎日投棄されるのだ。さもあろう。人間の排泄行為に休日はない。

海洋投棄船は永らく晴海埠頭を母港にして停泊していたが、他船から嫌がられ、停泊をお台場に強いられたという。その結果、屎尿処理時間が二〇分余計にかかるようになったとある。

ふと、原発のことを思い出した。海洋投棄船が嫌われてお台場に追いやられた事実と、原発が人里離れた僻地に建設されようとしている構図は、どこか似通っていると思った。

（八）塀

もう少し、遠軽(えんがる)さんの話をしたい。

遠軽さんは実は歳を喰っている。もう三十近い。遠軽さんには数年の社会人経験があると、誰からとなく聞いていた。だからだろうか、実社会にも詳しい。

遠軽さんの口から、よく、「矛盾」という言葉が飛び出す。「社会を変えなければならない」という趣旨の言葉も多い。そう言えばS先輩も、「社会を変えなければならない」と口癖のように言っている。学内のタテカンには、「革命」という文字が躍っている。

しかし、革命という言葉は、ぼくの意識の中ではなにものにも結びつかない。繋がる事実が見つからない。バイトに三日も通えばなんとかなる授業料、一日三食二五〇円の食費で済む寮生活費。この経済支援なくして、ぼくの学生生活はあり得なかった。ひとえにこれに支えられていた。社会への感謝は、生涯にわたって尽きるものではない。自分のような貧しい家庭にあっても、こうして東京の大学で学ぶことができる社会の、いったい何を変えなければならないというのか。この時のぼくには、そういう思いが強かった。

遠軽さんと一緒に、年末の築地市場のアルバイトに出かけた時のことだった。アルバイトは午後一〇時から翌朝八時までの夜勤の仕事だ。二人は、寮近くにある楽水軒というなじみの中華料理店で腹ごしらえを済まし、品川駅に向かった。その途中、K電気の工場にさしかかった時のことだった。遠軽さんが突然歩みを止め、そびえたつ工場の塀を平手で叩きながら、叫ぶようにこう言った。

「周防、この工場は誰のものだと思う！」

突然のことに、ぼくはわけが分からなかった。イラっとさえして、ぶっきらぼうに答えた。

「誰のものって、この会社の社長のものじゃないんですか」

何も考えず出た言葉だった。実際、ちょっと面倒くさくもあった。

「違う！　周防、そうじゃない！」

遠軽さんは語気を荒げた。しかしそのあとすぐ、遠軽さんはわれを取り戻して言った。

「すまん。この話はまた別の機会にしよう」

そう言って、二人は品川駅に向かって歩き出した。ぼくが面倒くさそうに対応したせいかもしれなかった。

ぼくは歩きながら考えた。遠軽さんは、何が言いたかったのだろう。そう言えば、以前、技術革新の話をした時、遠軽さんは、「所有」がどうのこうのと言っていた。技術革新は、労働者を過酷な労働に追い込むのだ。労働者には味方しないのだ。技術革新は、一方的に資本に味方する……と。また同時にこうも言っていた。技術革新そのものが悪いのではない。所有関係にこそ問題の核心があるのだと。工場の大きな塀と、何か関係があるのだろうか……。

年末のアルバイトも終わり、もう年が明けていた。ぼくは寮委員として、年末年始の居残り担当になっていた。遠軽さんも、なぜかまだ寮に残っていた。ぼくのほうから声をかけて、遠軽さんと二人、北品川で呑む機会をつくった。そして、あらためて聞いてみた。

「この前、K電気の工場にさしかかった時、遠軽さんは『この工場は誰のものだと思うか』とぼくに聞きましたね。ぼくは社長のものだと言ったら、遠軽さんは『違う！』と、叫ぶように言いました。誰のものなんですか、工場は？」

「そんなこと、あったたか？」

遠軽さんは、おどけるようにとぼけた。

「会社は誰のものか？　よく問われる問題だ。それでいて明快な定説はまだない。この問い、周防はどう考える？　やっぱり社長のものか？」

そう言って、ぼくをからかった。ぼくはあれから自分なりに少しは考えていた。

「一般的には株主のもの……ということではないのでしょうか？」

「一般的には……とは、どういう意味だ？」

「そこなのです。株主のもの、と言い切っていいものなのか？」

「なるほど……」

遠軽さんは、ぐい呑みを口に運んだ。そして言った。

「俺は思う。企業は社会的存在物だと」

それが遠軽さんの結論だった。

「社会的存在物？　どういうことですか？」

ぼくは、分かったような、分からないような気分になった。

「説明しよう」と言って、遠軽さんは語り始めた。

「仮に、資本金一億円、年間売上高百億円の食品製造企業があるとしよう。あり得る例だ。株主の出資金は一億円ということだが、一億円で百億円の商品を製造し販売することは、可能だと思うか？」

遠軽さんは、それから一心に持論を語った。要旨は、簡単に言うと、こんな具合だったように思う。

一、企業の資金繰りで一番大きく貢献しているのは、買掛金という金融信用システムだ。株主の端金（はしたがね）だけではどうにもならない。金融機関の融資でもまだ足りない。買掛金という名目で、無償で原材料を納めてもらっているのだ。それは、原材料仕入れ先から無利子の融資を受けるということと同じだ。買掛金という企業間の信用行為は、立派な社会的金融インフラだ。多くの場合、この社会的金融インフラなくして企業活動は成り立たない。

二、従業員はどうか。企業経営は継続することを前提としている。その間、不特定で多数の人間が、従業員として入れ代わり立ち代わりする。同時に、その人たちの個人生活を支える。

三、道路、電力、水道、通信など社会インフラは、広く個人や法人から集められた税金と利用料で整備されているものだ。企業活動は、それらを低料金または無料で使用している。すなわち、資金の面で見ても、人の面で見ても、社会インフラを通してみても、企業とは、きわめて社会的に存在し、活動しているものだ。

熱く一気に語ったあと、遠軽さんはひと息つくように、酒をひと口、喉に流し込んだ。

遠軽さんは、ぼくのほうに向き直って、あらためて訊いた。

「周防君、もう一度尋ねるよ。会社は誰のものか？　どうだ。やっぱり社長のものか？　それとも株主のものか？」

どうも、社長のものでも株主のものでもなさそうだ……。遠軽さんは、ぼくがそう気づき始めていることを確かめて、話を続けた。

しかしトーンが少し変わった。ちょっと寂しそうに遠軽さんはうつむいた。何かを思い出した様子だ。

遠軽さんの説明はとにかく具体的だった。とても机上の勉強だけではこんな説明はできない。そんな疑問を抱きながら話に聞き入っていた。疑問はしばらくして解けた。

遠軽さんの実家は町工場を経営していた。高校卒業後、お父さんの工場に勤めながら経営を実地に学んだそうだ。しかし五年が経った頃、会社は倒産してしまった。そもそも、永らく経営が苦しかったらしい。高校卒業後すぐに就職したのは、工場を支え、家計を助けるためだった。それでも遠軽さんはいつの日か大学へ行きたいと思い続け、勉強だけはしていた。結局、工場が倒産することになり、それを機会に進学をめざし、この大学に来たということだ。遠軽さんにはそんな過去があったのだ。

遠軽さんはまたひと口呑んで、気を取り直したように言葉をついだ。

「別の言い方をすると、企業とは、財やサービスそして利潤を生み出す生産手段だ。会社は誰のものかという問いは、そのまま生産手段は誰のものか、という問いに等しい。この、生産手段を誰が所有するべきかという問題を、俺たちは考えるべきだ」

あの日、遠軽さんが掌で大きな工場の塀を叩きながら、「周防、これは誰のものだか分かるか！」と叫んだその姿が蘇った。あの、ぼくにとっては突拍子もない叫びは、経営の実体験と思索の中から発せられた叫びだったのだ。ぼくはこの時、遠軽さんの事実を知るとともに、その事実を超える、何か得がたい別のものをも知ったように感じた。この日、遠軽さんは、話をこんな言葉でしめくくった。

「しかしなあ、周防君。所有のあり方、その方法論については、これはまたむずかしい問題だ。日常生活における消費財は、私有財産制でいいと思う。しかし資本や生産手段の共有化となると、これはむずかしい。社会主義や共産主義を標榜する国々の実践を見ても、まったく成功していない。独裁国家や専制国家ではダメだ。新しい共有制の社会を創り出さなければならない……」

遠軽さんは、しみじみとそう言った。その表情は、社会主義国の実践が成功しえていないことへの失望のように映った。というのも遠軽さんは、最後にこんなひと言を付け加えたからだ。

「そうだとしても、俺は思うんだ。資本主義的生産様式ではない社会への想像力を、俺たちは失ってはならない……」

＊

半世紀の後、こうして遠軽さんとの出会いを振り返ると、私にとって生涯にわたり忘れられない朋友の一人となっている。

その遠軽さんは、当時、学内で起こったある事件をきっかけに、放学処分を受けることになる。卒業を果たせないまま、まもなく、大学を去っていった。

彼は、今、どうしているのだろう。風の便りによれば、故郷に静かな生活を築いたと聞く。気さくでちょっとおちゃめだった遠軽さんの懐かしい顔が、少し歳を重ねて、目黒川の水面に浮かんでいる。

（九）空港

――やがて、傍観が息を吹き返した

水面に浮かぶ遠軽さんの顔を見つめていると、近くをレジャー・ボートが通り過ぎた。顔が波に揺れて、川面に壊れた。しばらくして波は収まり、ふたたび顔が現れた。それは、丸種（まるぐさ）さんの顔だった。

一九八四年十二月七日。私は中国に行くため、箱崎からリムジンバスに乗り込み、成田空港に向かっていた。思い出すのは、丸種さんのことだ。

＊

移りゆく車窓の景色を眺めるともなく眺めながら、ぼくは、初めての海外という高揚感につつまれていた。しかし同時に、それとは別に一つの想いが、ぼくの心に重くわだかまっていた。

この出張が決まった時、まっさきに確認したのは、どこの空港から出発するのかということだった。

「成田か……」

そう聞いて、ぼくの高揚感はなよなよと半減した。ぼくは内心、この日の来るのを恐れていた。しかし一方では、これからの長い人生で成田空港を利用する機会は必ず訪れるだろう。いつかは来る。それは半ば分かっていた。それがこの日、ついに来たのだった。

リムジンバスは、やがて高速道路から外れ、一般道に入った。ビルディングの背丈も次第に低くなり、空が広くなった。なだらかな丘陵や雑木林のひろがる冬景色の中へと入っていった。バスは、容赦なく成田空港へ向かっていた。

成田空港は、住民の強い反対運動の中で建設された空港だ。自分自身が空港建設反対運動に直接かかわったわけではなかったが、すぐ身近に、闘っている朋友たちがいた。彼らの正義感には共鳴するものがあった。

その一人に二年先輩の丸種さんがいた。彼はぼくによく、反対運動について臨場感をもって解説してくれた。客観性を失わないように話そうとする彼の姿勢に、ぼくも一所懸命に聞き入った。その誠実さが、いっそう、彼に対する信頼感となって共鳴していった。

かつて成田空港建設反対運動に共鳴していた自分がこの時、これから成田空港を利用しなければならないという、容赦のない現実に直面しようとしていた。視線を車窓の景色に預けながら、意識は格闘していた。ぼくは自問した。

「自らに矛盾はないのか……。この自己矛盾を、おまえはどう処理するのだ？　さあ、もうすぐ成田だ。どうする！」

「ざまあみろ。おまえの信念なんて、せいぜいこんなものだ！」

遠い地から、ぼくは、丸種さんに見つめられているように感じた。

バスが空港敷地内に入ろうとする、その時だった。殺風景な場所で、バスは突然停止した。検問だ。

空港は完成し営業を開始していたが、第二期工事がすすんでおり、反対運動は、ほそぼそとではあるが、まだ継続していた。停止したバスに制服警官が三人乗り込んできた。パスポートを見せるよう乗客全員に指示した。誰一人声を出す者もなく、全員が貝のように無言で従った。車内は異様に静まり返った。

これから晴れやかな海外旅行に出かけようとする乗客たちを乗せたリムジンバスは、まるで、刑務所へ向かう囚人護送車だった。警察官の任務は粛々とすすめられた。一〇分ほどの時間が流れた。乗客全員のパスポート検閲が終わった。警察官たちは、無言で運転手に合図を送り、降車していった。大型バスの重厚なエンジン音が回復して、リムジンはふたたび走り出した。

ぼくは、一つの儀式を終えたような気持ちになった。裏切りの儀式だったかもしれない。大人になっていくことへの妥協の儀式だったかもしれない。成田空港の利用を丸種さんに報告したら、彼はなんと言うだろうか。ぼくを批判するだろうか。軽蔑するのだろうか。それともにっこり笑ってくれるのだろうか。バスに揺れながら、ぼくはそんなことを考えた。

一年生になったばかりの頃だった。丸種さんの部屋に行く機会があった。丸種さんに用があったわけではない。同じ部屋にいる同級生に会いに行ったのだ。初めて入る部屋だった。

まっさきに目に飛び込んでくるものがあった。丸種さんの本棚に並んだ、鮮やかな朱色の文庫本の一群だった。一冊一冊が分厚く、十冊ばかりが並んでいる。背表紙を一冊一冊目で追った。第一巻から第九巻までが重厚に並び、本棚から朱色の威光を放っている。背表紙には「資本論」とある。

これが大著『資本論』との初めての出合いだった。と言っても中身を読んだわけではない。経済学は、教養課程の科目の一つとして選択していたが、この頃まだ関心もなかった。単位を取るための履修であり、頭に入るはずもなかった。この頃はまだ……。

この部屋の同級生に会いに行くたび、丸種さんと話す機会ができた。丸種さんに聞いたことがあった。

「資本論にはどんなことが書いてあるんですか?」と。

「資本主義的生産様式の限界について書かれている」「資本論は商品から論理展開が始まっていく」「生産手段の私的所有の問題性について書かれている」というようなことを、丸種さんは縷々、解説してくれた。ぼくにはなんのことやらさっぱりだった。

おそる、おそる、訊いてみた。

「あのー。資本論は、公害やヘドロと何か関係がありますか?」

汚染問題に関心を抱き始めていたぼくは、半ばあてずっぽうにこの言葉を持ち出したのだったが、この質問を機に丸種さんの言葉が一気に噴き出た。どうやら、汚染問題はまんざら的を外してはいなかったらしい。

「周防君、この公害を見ろ。大気は汚れ、東京湾にはヘドロが堆積している。誰がこうしたのか分かるか。そうだ、人間だ。俺たちの暮らしや社会は、俺たちが自然に対してどのように手を加えたか、どのように働きかけたか、その結果を示している。それが、大気汚染であり、海洋汚染だ。もちろんその一方で人間は、環境破壊と引き換えにいろんな便益を手に入れている。この環境破壊と便益の関係について分析しているのが資本論だ。便益は誰の手に渡り、汚染や破壊は誰に降りかかるのか、その分析が資本論の基本的視座だ」

丸種さんの言葉は熱く続いていった。

搾取とか疎外とか階級とか、聞き慣れない言葉が次から次と飛び出し、ぼくの頭は混乱した。このようなことを考える思考回路を、そもそもぼくの脳みそは持ち合わせていない。

「ああ、ダメだ！　ぼくには学習が足りない」

そう思うのがやっとだった。

丸種さんの話はよく理解できなかったけれど、その熱い思いは、ぼくの心にも届いた。そしてわずかに、「生産様式」と「所有」という言葉が、うっすらとぼくの心に張り付いた。

丸種さんの部屋をあとにして、四〇四号室に向かいながら、ぼくは思った。

「自分もいつか、資本論を読んでみよう」

検問を通り過ぎて、ぼくたちを乗せたリムジンバスは、空港ターミナルに一直線に向かって行った。車窓の外は、いつの間にか雨になっていた。

成田を飛び発ったその日の夕刻、ぼくは、あの貨物船東風（トンフェン）の国の大地に立った。迎えてくれたのは、摂氏零度の乾き切った動かぬ大気だった。北京は、不完全燃焼のガソリン臭が充満する街だった。天安門事件が、あと四年半に迫っていた。

＊

目黒川の水面には、ヘルメット姿の丸種さんが浮かんでいる。寮で見かけた丸種さんは、物静かで感慨深げな表情が多かったが、キャンパスではヘルメット姿が印象に残っている。あの時の顔だ。

丸種さんもまた、のちに退学処分を受け、無念のうちに大学を去っていった。遠軽さんに続く処分だった。学園は、依然として荒れていた。

私は、昔日のS先輩の、諦観のようなあの言葉を思い出している。

「何も考えないという道もあるけどね……」

一九八〇年代も中頃にさしかかろうとしていた頃、都会では、優しい左翼（サヨク）たちのための嬉遊曲が優しい調べを奏でていた。その調べに歌詞をつけるなら、きっと、このS先輩の言葉がふさわしい。

「何も考えないという道もあるけどね……」

そんなことを考えていたのを思い出す。

以来、二〇二二年の今日までずっと続くこの優しい平和のまなざしが、偽りのまなざしでなければいいのだが……。

(十) アンポ論争

——なにを知れば、実践者となれるのだろう
そして、すべての言葉が口を噤んだ

一九七二年も、すでに七月に入っていた。夏季休暇を迎えて朋鷹寮の住人たちもそれぞれ帰省し始めた。漁業科の三年生にはまだ課業が残っており、ひと月に及ぶ乗船実習に出たばかりだ。それでもまだ、居残り当番の寮委員数名と、一〇〇名ほどの寮生が残っていた。

寮生たちは、それぞれ思い思いに夏の日々を過ごしている。この日は日曜日。ぼくも、手持ちぶさたに誰一人いなくなった四〇四号室で、ぼんやりと時を過ごしていた。外はよく晴れている。小さなベランダには真夏の陽ざしが痛いばかりに射し込んでいた。

「珈琲でも飲もう」

独り呟きながら、やかんの水を確かめる。電熱器に火を入れる。インスタント珈琲の瓶に手を伸ばす。キャップを外す。スプーンを突っ込む。ん？　手ごたえがない。珈琲はすでに払底している。スプーンの空瓶を蹴る音が、誰もいない部屋にむなしく響いた。腹がグーと鳴った。

粉ミルクはまだ充分にある。仕方なくそれを湯に溶く。ひと口すする。まずくもないが、うまくはない。なにより、珈琲の香り立つ情緒というものがない。

珈琲の粉は高価なのでなかなか買えない。ブラックを好む者が多いこともあり、粉ミルクばかりが余る。いつものことだ。

四〇四号室には、アルバイトをしておカネを手にした者が珈琲を補充するという不文律があった。これによってなんとか、珈琲を味わうという最低限の文化的生活が保たれていた。住人はみな珈琲が好きだ。

一人味気ないホットミルクをすすっていると、アンポがやって来た。アンポとは、朋鷹（ほうよう）寮（りょう）に棲みついている猫だ。ぼくがこの寮にやって来た時には、アンポはすでにいた。だから先輩だ。アンポはいつも感慨深げに、のそりのそりと寮内を歩きまわっている。全身が真っ白な猫でとてもおとなしい。歳をとっているせいもあるのだろう、アンポが走っているところをこれまでに見たことがない。アンポという名前は、察せられる通り、日米安保から来ていると言い伝えられている。誰が名付けたのか、もはや分からない。分かる必要もない。アンポはアンポだ。

数日後のことだった。アンポの真っ白な体に、マジックインキでいたずら書きがされるという事件が起きた。のちに寮史に残ることになる「アンポ事件」だ。かなりひどい落書きだ。ほぼ全身に黒のマジックインキで殴り書きされている。容易には落とせない。誰の仕業か、酒に酔った勢いででもやったに違いない。

事件から二日後、この仕業を批判する檄文が、寮一階の掲示板に張り出された。

「檄」

アンポの全身に落書きがされている。なんということだ。

ぼくは悲しい。

犯人君に告ぐ!

君はなんということをするのだ。

ぼくは君の行為を強く非難する。

君はアンポの人権をなんと心得ているのか。

君はアンポの人格に対する尊厳を毀損したのだ。

君はまずもって自己批判しなければならない。

いや、弁明があるなら、どう弁明するのか！

まずその点を問い質したい。

この事件の本質は君の人権意識に所在する。ぼくはそう考える。

言っておくが、謝罪はいらない。

反論または論理的主張の展開を待つ。

七月二十一日　寮生Ａ

この檄文が出た翌日、同調する文章が二件張り出された。落書きされたアンポの姿が多くの寮生に目撃されるようになると、批判の声はさらに高まっていった。

その同日、犯人からと思われる反論文が掲示された。真犯人に反論の余地はあるのか？

掲示文には、「反・檄」とあった。

「反・檄」

アンポは猫だ。人間ではない。猫に人権はない。

これで十分だ！

七月二十二日　犯人の寮生B

すかさず「反・反檄」が出た。

「反・反檄」

寮生B君。仮に君がアンポ事件の真犯人だとすると、君の態度は現実からの逃避だ。真理や道徳的価値の客観的根拠を、真摯に見つめようとしない態度だ。虚無主義だ。虚しい。仮に君が真犯人とは無関係の寮生なら、お願いだ。今から始まろうとするこの真面目な論争を茶化さないでほしい。

七月二十三日　寮生C

同調する文章も出た。

「真犯人君へ」

B君が真犯人とするならば、B君には堂々と反論してほしい。
なぜなら、君の主張には傾聴してみたいと思うからだ。
しかし、これでは虚しいニヒリズムだ。
それが残念だ。正直に言おう。
ニヒリズムは何も生まない。
少なくとも僕たち若者のとる態度ではない。
僕らにニヒリズムは、まだ早い。

七月二十四日　寮生D

これを受けて謝罪文が出た。

「謝罪」

寮生諸君に謝罪する。申しわけなかった。
オレは二つの意味で謝罪しなければならない。
一つは、みんなの愛するアンポの身体に落書きをし、
アンポを侮辱したことに対して。
二つには、ゲーム感覚でこの論争に参加してしまったことに対してだ。
その認識にぼくの誤りがあった。本当に申しわけなかった。
この論争が、ぼくたちにとって実り多きものになることを願う。
ぼくもこの論争に参加させてもらうが、今日はお詫びに留めおきたい。
けじめとして。

七月二十五日　寮生B

期待外れの謝罪文が出てしまった。少々拍子抜けの感もあるが、これでアンポをめぐる論争は終息に向かうかと思われた。しかし論争は迷走していく。二日後……。

「問題提起」

ボクにはひとつ悩みがあります。聞いてください。

ボクの部屋には麻雀好きの先輩がいて、麻雀仲間を呼んでは部屋麻雀をします。じゃらじゃら、ジャラジャラ、もう夜中まで、いや、朝までやるのです。

麻雀趣味のないボクには、迷惑以外のなにものでもありません。かといって先輩に「やめてください」とは、なかなか言えません。ボクには勇気がありません。助けてください。

部屋での麻雀を禁止できないでしょうか？

七月二十七日　寮生E

同日夜、すかさず……。

「E君に告ぐ」


E君。論点をずらさないでほしい。

われわれはこれから、アンポ君の人権ならびに尊厳に関する論争を展開しようとしているのだ。

麻雀などという次元の低い問題は、この論争に馴染まない。

E君には反省してもらいたい。

七月二十七日　寮生A

論争を志向するA君からの批判文だったが、E君の問題提起に同調する意見が現れる。

「寮生A君、おれや」


A君、ちょっと違うんちゃうかな。

おれも麻雀が好きでやるけど、最近のわが寮における部屋麻雀はちょっとひどいと思うんや。

迷惑麻雀はれっきとした社会問題や。基本的人権を侵害する問題や、と、おれは思う。

アンポ論争とも通底する。十分に論点になり得るのとちがうやろか。

おれも実は部屋麻雀やったことある。すまん。

逆に先輩に朝までやられたときは、E君と同じように、そら、ほんまにもう、えらい迷惑と感じたわ。

今回E君から発信された勇気あるSOS、みんなで考えてみようやないか！

みんな、どやろ！　親愛なるＡ君もや。

七月二十九日　寮生Ｆ

すると、思わぬところからも発言が出た。

「寮委員会より」

寮委員会はこの論争に参加する意思はありませんが、部屋における麻雀の迷惑問題は、苦情として何件かの意見が寮委員会に届いています。
寮委員会としては、この問題を深刻な問題と捉えており、次回の定例寮生集会の議題に取り上げる予定です。活発な討議を期待します。

七月三十日　寮委員会

論争は脇道にそれながらも軌道修正の機会を窺っていた。猫に人権はないと言い放ったかと思いきや、一転謝罪に転じた犯人Ｂ君。論争への参加表明をしながら、その後の意思表明もない。寮生Ｂ君が真犯人だとは限らない可能性もある。というのも、こんな一文が掲示されたからだ。

「告白」

俺が真犯人だ。

七月二十五日　真犯人X

この文章が出たのは、実は、寮生Bの謝罪文が出た同日のことだった。短文だったことと、ほかにも文章が何本か出ていたため、目立たなかった。撹乱のための単なるいたずら文ではないかと受け取られたむきもあって、その時点ではほぼ無視されていた。また、この「告白」に対してBからの反応がいっさいないことから、この文章はB自身によるものではないかという噂さえ流れるありさまだ。Bの撹乱作戦だというのだ。夏季休暇も佳境に入り、寮生の数も次第に減っていった。

一階掲示板は寮委員会が管理しているが、寮委員会は、最初の檄文以来すべての投稿文を時系列に掲示し続けていた。しかしスペースには限りがある。次第に当初のものから掲示が外され始めた。興味と関心はひろがりを失っていった。アンポ論争は消滅への軌道に乗ったかのようだ。熱量は確実に冷めていった。

当のアンポはといえば、ひとときの空騒ぎをあとにして、いつもの通り、のっそのっそと領内を（いや寮内を）静かに行く。ただ、くっきりと体に焼き付けられた黒い落書きが、アンポの威厳を傷つけているのは確かだった。傷つけられた誇りを背負いながら、掲示板の前を悠然と通り過ぎるアンポの姿は、何かを静かに主張するようだ。

数日を置いて真犯人から文章が出た。アンポ論争の熱量は冷めてはいなかった。地下にマグマをためていたのだ。論争はこのあと、朋鷹寮のタブーに迫っていく。

「真犯人より」


真犯人のXだ。

猫にも命があり、おそらく感情もあるだろう。

その限りにおいて、猫にも尊厳は認められるべきだと考える。

したがって、オレの行為には弁解の余地はない。

隣人アンポには（あえて隣人と呼ぼう）謝らなければならない。

アンポがオレの腹にマジックインキで落書きしたいというなら、甘んじて受けたい。これが今のオレの気持ちだ。

アンポがこんどオレの部屋に来た時、
落書きを洗い流そうと思っているのだが、
あれ以来、アンポはオレの部屋に来なくなった。
実は、それがいちばん悲しい。いちばん辛い。
オレはいま、当然の報いを受けている。
オレは傲慢だった。自分の行為を顧みてつくづくそう思う。
自分の無理解と傲慢さに気づかせてくれた寮生のみんなにも感謝したい。
ありがとう。

八月五日　寮生X

「人間の傲慢さについて」

一年生のGです。
人間は、人間以外のすべてに対して傲慢です。
人間が、自然界に対して行っている行為は、「破壊」そのものです。
経済活動の名のもとに行っている破壊行為です。
大気は汚れ、鳥たちは羽ばたく力を奪われ、地面に激突しています。

河川は色を変えて悪臭を放ち、魚たちは白い腹を浮かべています。

広大な海でさえ、その包容力を破壊され、腹底にヘドロを溜め込んでいます。

その中を、魚たちは湾曲した背骨で泳いでいます。

そして、「破壊」はすでに人間自らの身体にも出現しはじめました。

手足が痙攣し、視力を奪われ、ついには命も犠牲にしています。

人間は、人間に対しても傲慢です。

経済成長を凝視してみると、人間の傲慢さが人間をも破壊するという、

そういう悲劇の構図が見えてきます。

これが「成長」なのでしょうか！

どうやら、

人間にとって、人間の命がいちばん大切なものではないようです。

人間と動物のあいだに分断があります。

人間と人間のあいだに分断があります。

分け隔てるものの正体は、いったいなんでしょうか。

〈アンポはネコだ。ネコに人権はない〉

そう言い放った先輩がいました。

この傲慢こそが、アンポの身体へ平気で落書きをゆるしたのです。この傲慢が、きっとこれからも同じ過ちをくり返すのでしょう。ぼくは確信しています。

〈この地球社会では、動物にも人権に準じる権利がある〉

この意識を、人類はいつか必ず求められることでしょう。

八月六日　寮生G

一年生らしい、初々しい主張だ。自然の権利として「動物の持つ人格権」を唱えるピーター・シンガーや、人間以外の存在にも「平等の権利」を適用すべきだと主張するジェレミー・ベンサムの思想を想起させる。人間中心主義を乗り越えようとする意見だ。

そしてついに、タブーに迫ろうとする文章が出た。文章は、次のように切り出されていた。

「寮と政治的活動」

あさま山荘事件があった。

それに遡ること、山岳ベース事件があった。

彼らの活動は、人間の仕業とは思えない悲惨な結末に至った。
この朋鷹寮から、その活動者が生まれた。
犠牲者もまた、出してしまった。
遂には、機動隊の立ち入りを許してしまった。
ぼくたちはその現実について、未だなにも語り合っていない。
ぼくたちは、自主管理運営を掲げ、寮生活を送っている。
彼らの活動を認めるなら、僕たちにも責任があったのではないか。
彼らの活動を否定するなら、彼らを説得しなければならなかったのではないか。
突きつけられた課題に対して、ぼくたちは無力だったのかもしれない。
しかし、たとえ無力だとしても、傍観だけは許されないのではないか！
この重い課題を、ぼくたちは今これから……

主張はこうして続いていくが、発言は、三●五号室のことを示唆していた。これに至る経緯を、ここで報告しておかなければならない。

この頃、全国の大学の学生寮は新しい法制化の動きと闘っていた。その法律を「○○(まるまる)大学学寮運営管理規則」（通称「○管規」）と言った。内容は、学生から学寮の管理運営権を奪い返し、学寮を大学当局の管理下に置こうとするものだった。学寮が、学生運動や新左翼組織の活動拠点となることを阻止するのが、政府の目的だ。ぼくたちが入学する直前、大学から届いた「学生寮募集中止」の通達は、これを背景に出されたものだった。学寮の自主管理運営をめざす全国の大学の寮委員会は、この法制化に反対した。こうした背景の中、三●五号室が重苦しい課題となっていた。

寮に郵便物が届くと、書留や速達、小包などは大学派遣の事務職員が預かり、直接本人に手渡される。しかし、一般郵便物は大きな平台の郵便受けにどさっと山積みになっている。その中から自分宛のものを探し出さなければならない。当然のことながら他人のものも目にすることになる。その中に、「京浜安保共闘救済対策本部」と宛名書きされた封書が無造作に混じっているのだ。「三●五号室気付」となっていた。ぼく自身も幾度となく目にしていた。

京浜安保共闘は、共産主義者同盟赤軍派と合流し、連合赤軍となって一連の事件を起こすことになった新左翼系の活動組織だった。封書を裏返してみると、その差出人に、永田洋子や坂口弘の名を見つけることもあった。初めて目にした時はギクリとした。彼らの名前はすでに連合赤軍の幹部活動家として社会に知られていた。

坂口弘が水産大学に在籍していたことは知っていた。工場労働者となって理論を実践するため、大学を中途退学したことも聞いた。ぼく自身、直に会ったことはなかったが、大学の先輩への一般的敬意とともに、その行動力に魅かれるものを感じていた。先輩・坂口弘の人となりを聞いても、共感する内容が多かった。優しい人柄だ、武力闘争には一貫して反対している、短歌を愛する人だ……。それはけっして偶像化されたものとも思えなかった。ぼくの当時の率直な印象だった。

その後に起こる山岳ベース事件の地獄や、あさま山荘事件の悲惨な結末は、この時にはまだ想像することさえできなかった。こんなふうに述懐するのは、やはり、言い訳だろうか。


寮生や通学生の中に、連合赤軍に繋がる活動をする者が、ほかにもいるという噂は、ぼくの耳にも届いていた。しかし寮において、彼らや三●五号室について表立った議論がおこなわれることはなかった。ぼくの知る限り、一度もなかった。その一方で、連合赤軍にかかわるニュースは、届くたびに悲惨な内容に変質していくのだった。

一九七二年二月、あさま山荘に人質をとって立てこもり、ついに逮捕されるという事件を経て、連合赤軍は自壊した。テレビには、その現場で逮捕される先輩・坂口弘の姿がはっきりと映し出されていた。その瞬間のぼくに気持ちの高ぶりはなかったが、状況の理解の仕方が分からなかった。

「何を知れば、そこまでの行動ができるのか」

ぼくの関心は、ただその一点にあった。

あさま山荘事件のあと、次々に明るみに引きずり出された山岳ベース事件は、集団リンチ殺人という、あまりに残忍な、彼らの活動の結末だった。この事件の発覚を機に、彼らの活動は、社会からの共感と支持を一気に失った。

すべての言葉が、口を噤んだ。

あさま山荘事件に先立つこと数日前のことだった。前触れもなく、それは襲ってきた。警視庁による家宅捜査だった。

早朝六時、大学当局の幹部を先頭に、ものものしい一団が整然と寮玄関前に整列した。令状らしきものを提示すると、帯同していた機動隊が一斉に寮内に押し入った。寮生と寮委員会は寝込みを襲われるかっこうになった。

機動隊員が各階の非常階段口に立った。寮生の行動は、完全に制された。寮委員の一人だったぼくは、一〇一号室に寝泊まりしていた。騒ぎに目を覚ました。一〇一号室のベッドは南寮一階非常口のすぐそばに位置していた。壁一枚の距離だ。そこに二人の機動隊員が配置された。事態に緊張し、ベッドの中で全身を固くしていると、通気窓を通して二人の会話が聞こえてきた。若い声だった。

「こいつら、いったい、何が不満なのだ」

その言葉にぼくは、彼らとの、どうにもならない遠い距離を感じた。

寮委員長から指示が出た。寮委員を中心に隊列を組み、寮内の廊下を抗議デモするという。参加は自由だったが、ぼくは隊列に加わった。当局の中心部隊はすでに三〇五号室に直行していた。彼らは鉤（かぎ）の付いた棒を使い、壁という壁を引っ剥がし、書類などをかたっぱしから押収して、引き揚げていった。騒然とした時間が、嵐のごとく過ぎ去った。忘れもしない、一九七二年二月十四日、あさま山荘事件勃発の五日前のことだった。

山岳ベース事件では、十二人の若い活動家たちの命が奪われた。その最初の犠牲者は、生活をともにする寮生の一人だった。寮としてどのように追悼するべきか。模索が続いていた。

結果、本人のお母さまが寮に来られることになった。それが決まった経緯を知らなかったぼくは、お母さまの決断と行動に驚いた。ぜひ話を聞きたい。そう強く思った。

追悼の場所は二階集会室と決まった。畳部屋の集会室は寮生で埋まった。ところどころに通学生の顔も見える。ぼくは入り口近くに座して、少し遠くから、お母さまの言葉に聞き入った。遠めに見るお母さまは気丈に見えた。時々、目がしらにハンケチを落としながら、ご子息の人となりを静かに語られた。

お母さまの話を聞きながら、考えた。連合赤軍に集い合った彼らの闘いは、悲惨な結末の中に潰えた。彼らは何と闘おうとしたのか。その理想の始まりは、どういうものだったのか。いや、彼らの純粋なこころざしは、けっして全否定されるべきものではないのではないか。悲惨な結末ばかりを取り上げ、これを彼らの活動のすべてとしてはならないのではないか……。

この日からぼくたちは、道半ばに潰えた彼らの思いを背負うことになった。問題は、その背負い方だった。

追悼の一日を終えたその夜、幾人かの寮生たちが集うともなく集い、語り合った。おそらく、小さな集いがあちらこちらで語り合ったに違いない。

一人が言った。

「確かに彼たちは途（みち）を誤った。結末において悲惨なものになってしまった。マスコミは、その悲惨な結末だけを取り上げているように思える。俺にはそれが釈然としない」

別の一人が、感情を吐露する。

「正直に言うと、あの悲惨な結末を知ってしまった今もなお、ぼくには、彼らを思う感情がぬぐいがたく残り続けている。これはいったいなんだろう？　ぼくは間違っているんだろうか……」

彼たちの人となりを知る者にとっては、確かに理解できる感情だ。ぼくも同じだった。

「それはきっと、動機と結末を分けて考えるからだ。彼らのとった手段とその結末には同意できないが、その動機において共感できるものがある。そういうことではないだろうか」

混迷する精神を、そんなふうに解説する者もある。

「俺は坂口弘さんを知っている。俺の知る限り誠実で、優しい先輩だ。社会に出て労働者となって活動しなければならないと、大学を中途退学した。武力闘争にはいつも反対していた。短歌を愛する人でもあった。そんな彼が、なぜテロリストと呼ばれるハメに陥らなければならなかったのか、まったく納得がいかないのだ」

先輩・坂口弘に寄せる思いをしぼり出す者もいる。

「結末をもって動機を裁いてはならないのではないのか？」

「目撃者の傍観にも責任がある。俺たちのことだ！」

自らを含め、傍観者の責任を問う者もいる。議論は高ぶり、少しずつ混乱していくように見えた。やむを得ないことだった。言葉のすべてに偽りはなかった。

とりとめのない発言を、涙にうつむき、静かに聞いていた一人が、ぼそっと呟いた。

「使嗾(しそう)だ……」

少しの間を置いて、彼の言葉が続いた。

「これは使嗾だ。彼らは、得体の知れない何者かに嗾(そその)かされたのだ」

この発言に、ぼくの心が反応した。「イデオロギー」という言葉が頭をよぎった。そうなのだろうか……。ぼくには分からない。すると、どこからか語気の強い言葉が飛んだ。

「使嗾などと言うな！」

ほとんど怒鳴り声だった。

「そんな言葉は、彼らを侮辱するものだ。使嗾などという言葉は、二度と口にするな！」

それからしばらくの間、沈黙が流れた。そして……

「俺には、どうしても分からないことがある」

　空気を変えるように、一人が低い声で発言した。

「角材と、火炎瓶と、数丁の猟銃で、どのように機動隊や自衛隊と闘うつもりだったのだろう。そんなことで、どうやって革命を起こせるというのだろう。彼らよりずっとずっと頭の悪い俺でさえ、それぐらいは分かる。これじゃ、竹槍でB29に立ち向かおうとした、あの時と同じではないか！　俺にはどうしても、そこが分からない。イッタイゼンタイ、彼らは何をしようとしたのだ……」

　彼の低い声は、次第に上気した。


　ぼくたちの連合赤軍事件は、はからずも特異な位置で体験することになった。実践者と傍観者の間で、現場にすぐ手の届きそうな微妙な距離感で、それを体験することになった。事件を振り返る時、実践者と傍観者の二者のために、ぼくたちには、何かを果たすべき役割があるのではないか。そんな思いがするのだった。

　ぼくたちは、この体験を突き抜けられるのだろうか。この体験が絶望であったとしても、未来に向けて無意味なものにだけはしてはならない。結論を急ぐ必要はない。ぼくたちにはまだ、充分な時間がある。

整理のつかない気持ちの一つひとつを、とりとめもなくぶつけ合う夜が、いつまでも続いた。外は、いつの間にか雨になっていた。しめやかにしとしとと降る雨は、その夜にふさわしかった。都会の片隅に埋もれるように存在した、名もない小さな学園での出来事だった。

しばらく新しい文章の掲示はなかったが、ほどなく一つの文章が掲示された。この論争に区切りをつけなければならない。誰かがそう考えたようだ。

「アンポです」

朋鷹寮の住人のみなさん、みなさんの食生活が必ずしも楽ではない中、いつも私に食事を分け与えていただき、ありがとうございます。感謝しています。

私に落書きをした真犯人はだれか、当然、私には分かっています。しかし私はネコです。人間語が話せません。だから真犯人は何号室のダレソレさんですと、お伝えすることができないのです。

じゃ、この文章はだれが書いているのか、ですって?

はい。ごもっともなことです。

これはここだけの内緒の話ですが、じつは、寮生の中にネコ語を話せる人が一人いるんです。その人を通じて一部始終を知りました。

ネコ語を話せる人ですが、そう、仮にＱさんとさせてください。

そのＱさんにお願いして、この文章を書いてもらいました。

ただ、Ｑさんの名まえを明かすのだけはご容赦ください。


さて本題ですが、今回のことはネコの私にも屈辱的な出来事でした。

犯人さんには、やはり、深く反省していただきたいと思います。

まあ、痛くも痒くもないので生活には困りませんが、それでも、ネコにも誇りがあります。見栄もあれば、ナルシズムもあります。

ガラス窓に映る自分の姿を見るたび、ぞっとします。

その時ばかりは、さすがに怒りがこみ上げてきます。

しかしもう気持ちの整理がつき、いまは穏やかに日々を過ごしています。

どなたかのおっしゃる通り、ネコに人権はないかもしれませんが、
この地球の共同生活者の一員として、ネコの尊厳を認めていただきたいと

願うものです。

それからこれは本題とは離れることですが、一身上のことになります。
慣れ親しんだ朋鷹寮を去る時が近づいています。
私はすでにかなりの歳になっています。人間で言うと、そう、
百歳ほどになります。死期を悟り始めました。
死期を悟ると、ネコは死に場所を求めて野垂れ死にの旅に出ます。
その時が来ました。
この体で寮を出るのは、少々恥ずかしい気もしますが、
仕方ありません。
お世話になりました。
お別れと、心からのお礼を申し上げます。
さようなら。

八月十五日　アンポ

こうして、アンポ論争は終息した。

この後ぼくは、神鷹丸（しんようまる）による二週間の乗船実習に出た。実習を終えて寮に戻ってきた時、アンポの姿はすでになかった。アンポは霧のごとく、静かに去っていった。

アンポには、報告しておかなければならないことがある。部屋麻雀問題は、後の寮生集会で活発な討議がおこなわれた。「全面禁止は厳しすぎる」「時間制限すればいいのではないか」「空いている部屋を麻雀部屋に指定してはどうか」「二階集会室での麻雀を許可してほしい」……。いろいろな意見が出た。しかし、結果はもっとも厳しいものになった。部屋はもちろん、寮内での麻雀はいっさい禁止するということに決まった。寮生の総意だ。こうして麻雀禁止の提案は圧倒的多数で採択された。

一時期、寮玄関前の芝生に雀卓を持ち出し、そこで麻雀をやる者たちも現れた。だがまもなくそんな光景も見られなくなった。

考えてみれば、E君の発言自体が勇気のいることだった。世界同時革命を高らかに叫ぶことができても、部屋麻雀の禁止を叫ぶのはむずかしい。そんな時代だった。そのE君をアシストしたのはアンポだ。アンポは「寮内麻雀全面禁止」という偉業を残して去っていった。

半世紀前に若い女が佇んでいた居木橋の同じ位置から、私は今、当時のキャンパスを現代に振り返っている。血気盛んな学生の姿は、これまでに語った通りだ。同時に、当時の教諭たちの姿勢にも触れなければならない。

教員の一部は学生とともに、学問の自由と独立性を叫んだ。その実現のため、大学の自治を要求し、産学協同を拒否した。そう考えると、半世紀の時を隔てた二つのキャンパスには、文字通り、隔世の感がある。教員たちもまた、闘っていた。

*

昔日の絶望を突き抜けるのに費やした時間は、いつの間にか半世紀にも達した。私の中では今もなお、突き抜けようとする「ぼく」が踠(もが)き続けている。残された時間は、もう、そう多くはない。

（十一）駅

「あなたは、なぜ来なかったの」
君は今も、「ぼく」と私を問い詰める

事の始まりは、入学オリエンテーション期間中のことだった。ぼくは陸上部に入ろうと、陸上部の勧誘員を探した。しかし、なかなか出くわさない。尋ねてみると、この大学には陸上部はないという。気を落とし、「どうしたものか……」と、ぼくはグラウンドを眺めていた。

すると、一人の小汚いおっさんが近寄ってきた。髪の毛はぼさぼさで、髭も伸び放題。おまけに褞袍（どてら）を着込んでいる。のっそのっそと、こちらに近づいてくるではないか。何事が起こるのかと訝って、ぼくは事態に身構えた。悪い予感は的中し、おっさんはぼくに話しかけてきた。

しかし意外にも、その身なりからはとても想像できないほどに、言葉遣いは丁寧で優しかった。人は見かけで判断できない。

「あなたはもうクラブを決めましたか？」

大阪では「あなた」と呼びかけられることはまずない。強烈な違和感だ。しかし同時に、「東京」を感じた。

「ぼくは陸上がやりたいんです」

「陸上部はないんですよ、この大学には」

「そのようですね。さっき別の人から聞きました」

「あなた、ラグビーをやってみない？　走力を活かせると思うよ。ラグビーもなかなか面白い競技だよ」

おっさんはラグビー部の部員だと分かった。今合宿中だという。

「ぶつかり合うのは、どうも好きじゃありません」

ぼくにはラグビーをやる気などまったくなかったので、体よく断った。しかしおっさんは諦めなかった。ぼくは半ば強引に合宿所とやらに連れていかれた。そこは不潔感にあふれた場所だった。逞しい体をしたおっさんたちが何人もごろごろしていた。印象は最悪だ。

ぼくには一つ大事な目標があった。早く友達をつくることだ。部活動に参加することが

（十一）駅

友達をつくるのに最適であることは、高校の陸上部で実感していた。だから、なんであれ部活動には参加したいと考えていた。陸上以外なら、もはや何クラブでも同じだった。次の日にはもう、ぼくはラグビー部の練習に参加していた。入ってはみたものの、やはりぶつかり合うことには慣れない。ラグビーが面白くないのだ。いつやめようかと考える毎日だったが、いつの間にか、二年目に入っていた。

二年目の夏、ラグビー部の合宿が長野県の山間にある体育施設で行われた。秋のシーズンに備え、何校かの大学がこの地に合宿を構えていた。八日間にわたって朝から晩までラグビー漬けの日々を送った。

ラグビーにケガは付きものだが、八日間で負ったぼくのケガは、かすり傷程度のものだった。しかしその小さな擦り傷は、ぼくの学生生活を思わぬ方向へと導いた。

体に異変を感じ始めたのは、合宿の全日程を終え、帰路につく頃だった。発熱が始まり、左の前腕が腫れ出した。左肘に負った擦り傷は、ラグビーの世界ではケガの部類にも入らないほどの傷だ。ぼくは、東京にまっすぐ向かわず、仲のいい同学年の部員の一人と昇仙峡に足を延ばしていた。一日観光してから東京に戻ることにしたのだった。

が、その間にも発熱と左前腕の腫れは徐々に悪化していった。寮に戻った時、熱は四〇度を超えていた。腕はさらに腫れ上がり、手の甲から肩にまで達していた。さすがにこれはまずいと思い、ぼくは高輪にある病院に駆け込んだ。

診察が始まると、医師の表情は一気に曇った。何か悪い兆候をつかんだ様子だ。医師は落ち着いた表情でぼくに言った。

「周防さん。このまま入院してください。これからの二、三日がヤマです」

医師はいきなりそう言った。「えっ?」と思ったが、死期が近づいているような、切迫した感覚は自分にはない。ぼくは能天気にこう言った。

「それではいったん寮に戻って、入院の支度をしてきます」

医師はすかさず、言葉を返した。

「ダメです!　そんなことをしている余裕はありません」

ぴしゃりと言われた。

ぼくはようやく、事の重大性を認識した。あとで教えられたことだが、腕の腫れが心臓に達していたら、危なかったそうだ。

こうして、この日から三ヵ月に及ぶ闘病生活が始まった。

言い渡された病名は、破傷風だった。入院の当日から抗生物質の投与が開始された。一

（十一）駅

日五本の点滴を打つと告げられた。一日に五本の点滴とは、つまるところ二十四時間点滴を打ち続けるということだった。これが一週間続いたのか、二週間続いたのか、三週間だったか、はっきりした記憶がない。昼夜の区別もなくなり、意識の朦朧とする日々が続いた。

気分は常に悪く、ベッドにおとなしく横になっていることさえつらかった。点滴の注射針を入れる箇所の血管は硬くなり、まもなく血管が針を拒否し始めた。左腕に入らなくなると右腕に変え、右がダメになるとまた左に戻した。両腕が針を拒否するようになると、手の甲などほかの場所を探さなければならなかった。

とにかくうんざりするほどの点滴の日々が続いた。この間、食事をとった記憶がない。七〇キロあった体重は、あっという間に六〇キロになっていた。

「今日から一本減らしましょう」

医師からのそのひと言を聞いた時、「どうやら助かったらしい……」と思った。

命を繋ぎ止めた頃、ラジオでは日中国交回復をめざす共同声明のニュースが繰り返し流れていた。まず意識が、そして時の流れが、ようやくいつもの感覚に戻ってきた。

少しおおげさかもしれないけれど、あの世に行きかけて戻ってきたような感覚がする。

中国のニュースに触れ、貨物船東風のことを思い出していた。一年前の中国船訪問が日中の国交回復に貢献したのだ、とは、さすがに思わないが、それでも何か不思議に繋がっているような気がした。

一日に打つ点滴の本数が、三本、二本と次第に減っていった。しかし、体調が回復に向かうことはなかった。抗生物質を絨毯爆撃のように容赦なく投下された体は、いくつもの副作用に見舞われることになった。とりわけ深刻だったのは急性腎臓炎だった。これを治すのにさらに二ヵ月の治療を余儀なくされた。

三度の食事も出るようになったが、お世辞にもうまいとは言えない。塩分抜きの冬瓜料理が、毎日続いた。これまたうんざり。関西では冬瓜を食べる習慣はない。冬瓜との初めての出合いは、お互いに不幸なものとなった。

もっともつらい治療は、腎臓の検査や治療のため、ペニスの先端から管を挿入される施術だった。しかもそれは予告なしに行われた。おそらく、それは敵の作戦だったに違いない。ペニスの先端から管を入れるなんて告げようものなら、患者は仰天して卒倒するか、暴れ狂うことが分かっていたからに違いない。ぼくはまんまと奇襲作戦を喰らってしまった。

「よってたかって、ぼくの大事なモノに、いったいなんということをするんだ！」

施術台で俎上の鯉となったぼくは、心の中で力の限りを叫んでいた。

（十一）駅

十一月に入るとようやく、容体は回復に向かい始めた。日々に気分はよくなり、食欲が少しずつ戻ってきた。面会謝絶も解け、ラグビー部の仲間たちも見舞いに来てくれるようになった。雑誌や本を差し入れてくれた。担当医からは、退院の日を探る言葉が聞かれるようになった。体調の回復とともに時間を持て余すようになり、病院内を散歩することもできるようになった。体重も戻り始めた。

ぼくの担当看護師は、水川葉子さんと言った。ある夜、消灯時刻の夜一〇時を過ぎても、ぼくはまだ本を読んでいた。規則違反だった。見回りで水川さんが来た。

「もう消灯時間が過ぎていますよ」

優しく注意された。

ぼくは言い訳した。

「なかなか寝つけなくて」

「なんの本を読んでいるんですか？」

彼女が尋ねた。この時読んでいたのは、高橋庄治の『ものの見方考え方』という本だった。

（ああ、なんと間が悪いんだ。このシーンに高橋庄治はないだろう。なんでこうなるのだ、俺はいつもこうだ！）

心の中で、自分の薄運に苛立った。このシーンに高橋庄治の本は、なんとも無粋な本だった。もう少しロマンチックな本であるべきなのだ。『野菊の墓』は出来すぎとしても、せめて『小僧の神様』くらいの運はほしかった……。ぼくのこういう間の悪さには、天性のものがあった。人生を通じて、常にそんな気がする。

「それを読み終わったら、わたしに貸していただけませんか？」

意外だった。彼女はそう言った。

「明日には読み終えると思います」

ぼくは内心ドギマギしながらそう言って、おとなしく消灯した。余計に眠れなくなった。彼女のせいだ。

これをきっかけに、二人の距離が縮まっていく。定時回診のたびに二人の交わす言葉は、少しずつ増えていった。

ある日の回診時。検温、血圧測定、投薬など一連のルーチンを手際よくこなし終えると、彼女から話しかけてきた。

「周防さんは、将来何になるんですか？」

「船乗り。航海士になる予定です」

確固たる目標でもなかったが、航海士になることのできる学科に入学していたので、そう答えただけだった。曖昧な返事だけはいけないと思った。

「水川さんは、看護師になって何年になるんですか？」

ぼくは尋ねた。特別そこに関心があったわけではなかったが、会話を続けなければならないと思ったからだ。すると彼女から返ってきた言葉は、一歩踏み込んだものだった。

「わたしはこれから大学に入って、医師をめざします」

きっぱりとした口調だった。彼女は「外科医になりたい」と言った。

本を貸してから一週間ほどが経ち、彼女から返却があった。

「どうでしたか。こんな内容の硬い本に、興味が持てましたか？」

彼女に聞いた。内心では、彼女が本の内容に関心があったのか、それ以外の目的があって本を貸してくれと言ったのか、この一週間、推し量りかねていた。

彼女の手から戻ってきた本には、紺色のブックカバーが掛かっていた。手作りだった。カバーには、かわいらしいペンギンのアップリケが縫い付けられている。ぼくの鈍感な頭も、さすがにぐるぐると回り始めた。

（これはいったいどういう意味だ？　なんと解釈すればいいのか……）

頭のスピンは、軸がぶれていて不恰好によたっていた。解釈はあとにして、とりあえず礼を言わなければならないと思った。

「すてきなブックカバーですね。ありがとうございます」

もちろん恋の予感がした。いくらなんでも、ぼくにも、それくらいのことは感じた。ただ、懸念することが一つ、頭に浮かんだ。

ぼくのペニスをわしづかみにして、その先端から管を挿入したのは彼女かもしれない……。そう考えると、少し複雑な思いがするのだ。急所をわしづかみにされた状態で交際に入るのは、いかにもハンディが大きいではないか！

その夜、ぼくの心は興奮し続け、なかなか寝つけなかった。これから始まる二人の恋がどのように進展するのだろうかと、ぼくは夢想した。鉄の塊のように重くて固い恋。六法全書のように理屈っぽく難解な愛。二人の仲を取り持った「高橋庄治」が、そんな恋愛を連想させるが、ぼくは、そんな恋愛はまっぴらごめんだ。

彼女は、いったい、どんな恋の形を描いているのだろう。例えばだ……、二人で森を歩いているとしよう。彼女が言う。

「ああ、森の香りがするわ。わたし好きだわ、この匂い……」

すかさず、ぼくが返す。

「そうだね。でも、君もいい香りがする。髪の匂いがとても素敵だ」

……なんて、ぼくにはとても言えそうにない！　ああ、困った。こういう愛の形は、どうも苦手だ。ああ、困った……。

ぼくは、助けを求めるように、無意識のうちに目黒川の老女に語りかけていた。

「恋愛には努力というものが必要だとは分かっているんだが、どうも……」

言い訳がましくそう言うと、老女が語気を強めて窘(たしな)めた。

「そんなことを言っているから、君には恋一つ、ままならないのだ。いいか、若者よ。恋愛なんてものは、本能でするものだ！」

永い夜はもうすぐ明けようとしていた。老女に叱られながら、ぼくはようやく眠りに落ちた。

（十一）駅

急性腎臓炎も順調に回復がすすみ、彼女との会話が唯一の楽しみになっていた頃、退院が十一月二十三日と決まった。長い入院生活が、ようやく終わろうとしていた。

「退院したら、デートしよう」

ぼくたちは約束した。デートの日を十二月三日の日曜日と決めた。退院までまだ時間があったこともあり、日取りだけ決めていた。ぼくは、待ち合わせ場所やデートの行き先について、ベッドの中でいろいろと想いをめぐらした。退院があと数日に迫った時だった。彼女から提案があった。

「宇都宮に来ませんか？」

そう言うのだ。

彼女が宇都宮出身であることは聞いていたが、東京に暮らしているような口ぶりだったと思ったが……。宇都宮というところには、まだ一度も行ったことがなかった。どんなところだろうか……。

踏み込んだ彼女の提案にぼくは少し身構えたが、了解した。こちらに適当な心づもりがあったわけでもなかった。かくして、十二月三日の正午に宇都宮駅で待ち合わせることになった。

その日を楽しみにしながら、ぼくは、東京船員保険病院（当時）を退院した。命を助けていただいたことへの感謝は、生涯忘れるものではない。

（十一）駅

デートの日がやって来た。時刻表で前もって調べておいた列車に間に合うよう、寮を出た。品川から山手線に乗り、上野で乗り換えた。宇都宮に到着したのは、待ち合わせ時刻の一五分前だった。三時間ほどの旅になった。彼女が毎日宇都宮から通うのは、やはりちょっとたいへんだと思った。宇都宮駅に着いて改札口を出ると、彼女の姿を探した。まだ来ていないようだ。改札付近の伝言板の前で、ぼくは待つことにした。

一時間待った。彼女はまだ来ない。何かあったのだろうか？　彼女の宇都宮の実家の電話番号は聞いていなかった。連絡の取りようもない。待つよりほかはない。

二時間待ち、三時間待った。が、彼女の姿は依然ない。これはもう、何かあったに違いないと悟り、「東京に帰ろう」と、ぼくは独り言を呟いた。しかし未練がそれを上回った。ぼくは、六時まで待つことに決めた。六時まで待って彼女が来なかったら、諦めよう。そう決めた。

六時まで待った。が、結局、彼女の姿を見ることは叶わなかった。伝言板に、「六時まで待ちました。周防」と書き残し、浅い夜の中、上野行きの列車に乗り込んだ。

帰りの列車の中で、ぼくは理由のいろいろを想像していた。むなしく儚い作業だった。

（来週にでも、職場に連絡してみるしかない）

そう気持ちを切り替えた。

朝からの緊張感が一気にほどけた。車窓に流れる街路灯の連続を、側頭部にぼんやりと感じながら、ぼくは浅い眠りに揺れ落ちた。

品川駅に到着したのは、夜九時を少しまわった頃だった。脱け殻になった体は、寮ではなく北品川に向かった。今日は独り酒がふさわしい夜になったのだ。独りで呑もう。


暦が新しい週に変わって、数日が経っていた。ぼくは、病院に連絡することを躊躇(ためら)っていた。彼女のほうに事情ができたのなら、彼女から連絡が来るだろうと思った。単純に振られたのであれば、それはそれで仕方のないことだ。しかし、こんな振り方をする彼女ではないという確信もあった。

こちらの落ち度についても考えてみた。約束通りの日時に、約束通りの場所に行ったのだ……。心あたりは、どうしても見つからない。

彼女がぼくに振られたと勘違いするような過ちを、自分は犯してはいないか。これも考えた。可能性としては、デートの日を間違えた場合にはあり得ることだ。しかしあれだけ毎日、十二月三日を確認し合っていたのだ、お互いに間違えることは考えられない。やはり、職場に連絡をとってみるしかない。

ぼくは電話を入れた。が、大病院のためか、彼女までなかなか辿り着けない。結局、ぼくは諦めてしまった。

人付き合いにおいて、ぼくは淡白だった。そんなぼくの淡白さが裏目に出た。要するに、執念が足りないのだ……。

振り返ってみれば、二人が会えなかった理由は、ぼくが考えるようなものとは違って、冷たい現実だったのかもしれない。病院の施術台で腎臓の治療を受けた時、彼女は、ぼくのペニスを手にし、その姿をまじまじと見定めたはずだ。約束の日の前日になって、突然、彼女はその貧弱さに自分の未来を描けなくなったのかもしれない。二人が会えなかった理由（わけ）は、冷静な女の冷徹な判断にすぎなかったのかもしれないのだ。

「きっと振られたのだ」と、半ば乱暴に気持ちに整理をつけると、彼女のことは次第に意識の中から消えていった。言い訳の理由作りは、ぼくの十八番（おはこ）だった。よくない性癖（くせ）だ。

＊

希望は不可能の中に存在し、美しきものはいつも、自分の手の届かぬところにある。

半世紀前のあの日、居木橋の袂に佇んでいた若い女は、実は、彼女だったのではないか。私はそんな仮説を立てながら、今、目黒川の水面を見つめている。

彼女が私の意識の中に蘇ったのは、高輪の病院を退院してから十三年が経った夏のことだった。それは、不意を突くように訪れた。

私は、社会人として地方都市で忙しく働く日々を送っていた。三泊四日の社内研修が計画され、私も参加者に指名された。本社人事部から研修要項が届いた。開催場所は宇都宮市内の某研修センターとなっている。

「宇都宮……か」

都内本社からの移動交通手段の項目に目を落としたその瞬間だった。私は唖然とした。

「宇都宮駅が二つある！」

思わず声が出た。知らなかった。

彼女との行き違いの謎が、一気に解ける思いがした。

「これだったのか……」

あたり構わず、私は声を上げていた。周りの同僚がキョトンとした。

あの時、私は国鉄宇都宮駅に行った。そこで彼女を待ち続けた。彼女はきっと、東武宇

（十一）駅

都宮駅で私を待っていたのに違いない。

東京に来てからというもの、大学構内にある学生寮で生活していた私は、外出する機会も少なく、交通事情に疎かった。私の頭には国鉄宇都宮駅しか存在しなかった。

「なんてことだ。こんなことがあるものか……」

どんなに叫ぼうがもう誰にも届かない。言い訳は、ただ、自分をむなしくした。一生の不覚だ。

研修は予定通り終わり、国鉄宇都宮駅で解散となった。私は帰路につこうとしていた。改札付近の伝言板が、懐かしく目に飛び込んできた。

「まだあるんだ……」

思わず触れた。

もちろん、私の書き残した言葉はもうない。彼女が見たはずもない。

「よし、東武宇都宮駅に行ってみよう」

十三年越しの未練だった。

もし彼女が改札口で待っていたなら、彼女は、あの時の「ぼく」を十三年間待っていたことになる。「ぼく」が待った六時間など、ゼロの重みだ。

国鉄宇都宮駅を出ると、田川に架かる宮の橋を渡り、駅前から繋がる大通り、馬場通りをまっすぐ西に向かった。二キロメートルほどの距離を急ぎ足に歩くと、池上町の交差点を左に折れ、東京街道に入った。するとすぐ、東武西口という交差点の表示が見えた。来たのだ。ついに彼女の待つ東武宇都宮駅に来たのだ。

改札口を探す……どこだ！

………

あった。あそこだ！

彼女は？　彼女はどこだ！

………

改札口に向かって、ぽつんと立っている女性がいる。彼女ではないか！「ぼく」を待っているのだ。やっぱり彼女は「ぼく」を待っていたのだ。

白衣の彼女しか見たことがなかった「ぼく」は、少し戸惑ったが、後ろ姿に、はっきり彼女の面影を確かめることができる。彼女だ……！

もちろんこれは、面影に立ち現れた彼女にすぎない。

ただ、改札口に向かって立っていた若い女性は、なぜか、一九七●年夏の居木橋に佇んでいた、あの若い女に重なるのだ。改札口に佇む若い女性が、仮に、居木橋に佇む若い女だとしたら、「ぼく」は、高輪の病院で彼女に出会う前に、すでに目黒川の居木橋でめぐり会っていたということになりはしないか……。

そして老女が、居木橋の女の半世紀後の姿なら、その老女といえば、目黒川で出会った時からずっと、「ぼく」と私の心象風景の中に同居してきたのだ。二人は知らぬ間に、どこかで結ばれていたのかもしれない……。

居木橋の袂に佇みながら、私はしばらくの時を、目黒川の水面に妄想の運命を映し出していた。

（十一）駅

自宅の本棚には今も、紺色のブックカバーの掛かった一冊がある。縫い付けられたアップリケのペンギンが、高い位置から、もう半世紀も私を見つめ続けている。

「なぜ、あなたは来なかったの？」

君は今も、「ぼく」と私を問い詰める。

冬の窓に黄昏の木立が揺れている。珈琲カップから立ち上る苦い湯気の向こうに、私は遠い景色を探す。

君はどうしているのだろうか。優しい外科医になっただろうか……。

（十二）コヘレト

——言葉は、優しい表情で囁きかける
懐に、その正体を忍ばせながら

三ヵ月に及んだ入院は、ぼくに留年を余儀なくした。二年次をもう一年、繰り返さなければならなかった。未来への脱力感と宇都宮駅の失恋が重なって、気持ちの沈む日々を送っていた。気持ちをどう立て直すか。まず取り組まなければならない課題だった。

新しい春に向かって待ち構えているものは、所属するラグビー部の春合宿だった。皮肉なめぐり合わせだ。まず、これに耐えられるだけの体力を回復させなければならない。ぼくは、自主トレでランニングに取り組んだ。グラウンドを単調に周回することに飽きると、浜離宮や東京タワーを往復した。こうして徐々に、体力と気力を取り戻していった。

生活を立て直す日々を粛々と送っている、ちょうどそんなタイミングだった。青山さんから北品川に誘われた。二人で呑むのは、もちろん久しぶりのことだった。

噂では、青山さんは学業にも就職にも前向きになっており、青山さんを知る者はみな、その様子を見て喜んでいるということだ。よかった。


「周防君、呑みに行かないか！」

そう言いながら青山さんは財布の中身を覗いた。

「あれっ、だめだ。三五〇円しかない。ごめん。また次回だな」

広げた財布をひっくり返しながら、青山さんはばつの悪そうなそぶりをした。

「待ってください……」

ぼくも自分の財布の中身をさぐった。一〇〇〇円ある。

（そうだ、あの手がある）

ぼくには奥の手があった。

「任せてください。ぼくに考えがあります。青山さん、今日は三笠にしましょう！」

二人は、北品川に向かった。

「いらっしゃい！」

引き戸を開けると、いつもの気風（きっぷ）のいい声が飛んできた。

「おばさん、今日はちょっと相談が……」

さっそく交渉に入った。

「なによ、あらたまって」

おばさんは笑いながらそう言った。もう分かっている、と言ったふうだ。

「今日は二人で一三五〇円しかないんです。一三五〇円になったら声をかけてください。そこでやめますから」

そう言いながらぼくは、カウンターの手提げ金庫の横にある丸い受け皿に、一三五〇円を置いた。

「あいよっ！」

すかさず歯切れのいい返事が跳ね返ってきた。ひと言そう言って、おばさんはいつも通りに呑ませてくれた。

（青山さん、今日はなんの話だろう？）

そう考えながら、しばらく酒を酌み交わした。様子見していると、青山さんに話し始める気配がいっこうに感じられない。表情はいつもより明るい。ぼくは奇妙な感じがした。

自分が三ヵ月の入院生活を送っている間に、どうも青山さんには大きな心境の変化があったようだ。噂は本当のようだ。よかった。

（今日は、ぼくを慰めてくれるつもりだろうか）

いや、そんなはずはない。宇都宮駅の悲しい物語は、まだ誰にも話してはいないのだから。どうせ、ぼくの心の痛みなど、誰にも分かりはしないのだ。ぼくは一人、勝手にしょぼくれた。しょぼくれながら、青山さんのぐい呑みに酒を注いだ。

それにしても、いつもの青山さんとは違う。やけに表情がいい。

「青山さん。就職はどうするんですか？」

青山さんは次の春、卒業だ。ぼくは聞いてみた。

「法律に携わる仕事をめざすことにした。これから勉強をする」

「そうですか。青山さんなら、司法試験だって受かりますよ」

お世辞ではなかった。本当にそう思った。青山さんの元気な話を聞いて、ぼくはうれしくなった。

「それじゃ、もう試験勉強を始めているんでしょうねぇ、青山さんのことだから？」

「いや、まだだ。今は旧約聖書を読んでいるよ」

「旧約聖書……ですか。また、なぜ？」

「思うところがあってね……」

ぼくは、「へぇー」と言って、それ以上この話題に踏み込むことを避けた。対話にならないと思ったからだ。ぼくに聖書を語る知識など、あるわけもない。

二人の酒はすすんだ。一三五〇円のことが、時々頭をよぎる。この日の青山さんには、いつもの愚痴が出ない。できることならいつもこんな青山さんがいい。こんな青山さんなら、悩みも、恋も、未来も、気兼ねなく相談できるというものだ。宇都宮駅の悲恋もだ。

「ところで……。周防君にこんな話をするのは迷惑かもしれないが、聞いてくれるか」

青山さんは急にあらたまって、そう言った。

「なんでしょう?」

「俺には、親しい同級生が一人いる。寮生ではない。通学生だ。彼は、例の赤軍派に属する活動家だった。赤軍派中央軍という組織に属し、M作戦と称する銀行強盗にも加わった。銃砲店にもアルバイト学生として潜入し、幹部からの指示を待っていた。ところが、幹部の複数が逮捕されてしまい、指示系統を失った彼は、東京から逃亡した。結局、関西の山間にある宿坊寺院に雑務員として潜伏しているところを逮捕されてしまった……」

青山さんは、重苦しい話を始めた。

「こんな話、いいか?」

郵便はがき

料金受取人払郵便

新宿局承認

7553

差出有効期間
2024年1月
31日まで
(切手不要)

1 6 0-8 7 9 1

141

東京都新宿区新宿1－10－1
(株)文芸社
愛読者カード係 行

ふりがな お名前		明治 大正 昭和 平成 年生 歳	
ふりがな ご住所	□□□-□□□□		性別 男・女
お電話 番 号	(書籍ご注文の際に必要です)	ご職業	
E-mail			
ご購読雑誌(複数可)		ご購読新聞 新聞	

最近読んでおもしろかった本や今後、とりあげてほしいテーマをお教えください。

ご自分の研究成果や経験、お考え等を出版してみたいというお気持ちはありますか。

ある　ない　内容・テーマ(　　)

現在完成した作品をお持ちですか。

ある　ない　ジャンル・原稿量(　　)

書　名				
お買上 書　店	都道 府県　　　市区 郡	書店名	書店
		ご購入日	年　月　日

本書をどこでお知りになりましたか?

1.書店店頭　2.知人にすすめられて　3.インターネット(サイト名　　　)

4.DMハガキ　5.広告、記事を見て(新聞、雑誌名　　　)

上の質問に関連して、ご購入の決め手となったのは?

1.タイトル　2.著者　3.内容　4.カバーデザイン　5.帯

その他ご自由にお書きください。

(　　　)

本書についてのご意見、ご感想をお聞かせください。

①内容について

②カバー、タイトル、帯について

弊社Webサイトからもご意見、ご感想をお寄せいただけます。

ご協力ありがとうございました。

※お寄せいただいたご意見、ご感想は新聞広告等で匿名にて使わせていただくことがあります。

※お客様の個人情報は、小社からの連絡のみに使用します。社外に提供することは一切ありません。

(十二) コヘレト

青山さんは、ぼくに了解を求めた。

「ええ、構いません。ぼくも聞きたいです」

そう答えるより、ほかの返事は思い浮かばなかった。

それはいつ頃のことかと聞くと、一九七一年三月のことだと言う。ちょうどぼくが合格通知を受け取り、大学への夢を膨らませていた頃になる。入学してから聞いたことだったが、教授会が入寮募集中止を決議したのも同年同月だ。何も知らず、自分は嵐の直中(ただなか)へ向かっていたのだということを、この時、あらためて知る思いがした。

「その友人は、今はどうしているのですか?」

「まだ、刑務所にいる」

少し時間をおいて、青山さんは言葉をつないだ。

「彼は、優しくて正義感の強い男だ。頭もいい」

そういう人間が革命をめざし、過激な活動に入っていくのだと言わんばかりに、ぼくには聞こえた。青山さんは、こうも言った。

「逮捕されてよかった。連合赤軍の山岳ベースに合流する前に逮捕されて、本当によかった……」

そうかもしれない。ぼくもそう思った。山岳ベースで最初の犠牲者となった寮友のことを思い出していた。青山さんは持論を語り始めていた。

「彼は自分で考え、判断し、実践した。結果に対する責任も引き受けた。その行動力は、俺には決して真似できない」

こうも言った。

「俺は常に傍観者だ。傍観とは逃避的態度のことだ。彼のような実践者は、その対極に立つ者だ。俺たち傍観者は諦めたが、彼ら実践者は諦めなかった。それが革命家精神だ。俺はやっぱり、彼らを……」

圧倒的多数の逃避的態度は、「事件」を引き起こした彼らを「過激派」と呼び、一斉に非難を浴びせかけた。青山さんは、そんな社会の風潮の中で、彼らの行動の積極的な意味を見出そうとしていた。その感情は、ぼくにも理解できた。

圧倒的多数の逃避的態度が、彼らを押し潰したのだ。実践者たちの失敗を小さな檻の中に閉じ込めて、その外側から、まるで自分たちとはかかわりのない他人事にしてしまったのだ。この構図は、傍観者の失敗をも表現している。実践者たちの失敗と傍観者たちの失敗が、ここに同居する。そして、無自覚に同居する二つの失敗を、薄笑いを浮かべて首肯している奴らがいる。「よしっ、これでいい」と……。

青山さんは、こんな話をした。

「俺は、これからも実践者にはなれないと思う。臆病者だからね」

青山さんはまた、正直な気持ちからそう言った。

「その代わり近い将来、実践者たちを法的に支援したいと思うようになった。それなら自分にもできそうに思えるんだ。だから法律を勉強することにした」

青山さんの話は、すでに個人的な友人の支援の域を越えていた。そして、青山さんの法律をめざす動機が分かった。青山さんは、自分のやり方で、自分も実践者でありたいと、そう考えたのだろう。青山さんらしい論理だと思った。


それからしばらく、二人は酒を注ぎ合い、肴を口にした。ひとときの休憩の後、第二幕が上がった。

青山さんの話題が変わった。聖書のことを話し出したのだ。ぼくは、「まずい」と思ったが、すでにどうすることもできなかった。成り行きに任せるしかない。

青山さんは、自分は神を信じないと言いながら、聖書を読んでいるのだ。ここらあたりが、自分とは違うところだ。「青山さんには勝てない」と、思ってしまう所以（ゆえん）だ。

青山さんは突然、こんなことを話し出した。

「地上に起こる空（くう）なることがある。悪しき者にふさわしい報いを正しき者が受け、正しき者にふさわしい報いを悪しき者が受ける。私はこれを空であると言おう。――旧約聖書にはこんなことが書かれている。空とはきっと人間社会の不条理を言っているのだと思う」

間を置かず、青山さんは続けた。

「こんなのもある。――たとえ千年を二度生きても、人は幸せを見ない。すべての者は、一つの場所に行くのだから。――これ、いいと思わないか？」

青山さんは、なおも続ける。

「これはどうだ。――勇者のために戦いがあるのではない。知恵ある者のためにパンがあるのでもない。聡明な者のために富があるのではない。知者のために恵みがあるのでもない。時と偶然は彼らすべてに臨む。――これは、人間社会のあるべき公平性を言っている……」

青山さんの口からは、すらっとこんな言葉が出てくるのだ。参る。片や、なんの勉強もしないで、神を信じるの、信じないのと、のたまわっている自分とは根本から違うところだ。ぼくには決定的に学習が足りない。

「それはどこに書かれているんですか？」

ぼくは訊いた。

「聖書って預言書だろ」

そうなのか……。ぼくはそんなことも知らない。

青山さんは「予言」と「預言」の違いを教えてくれたあと、こう続けた。

「聖書には予言めいた言葉が飛び交っている。人を惑わすような、人を煙に巻くような、謎めいた表現で書かれている。だからあまり好きじゃない。でも、ちょっと風変わりな章がある。旧約聖書の中の『伝道の書』という章だ。コヘレトという人の言ったことが集められているのだそうだ。ここだけは面白い。俺、好きなんだ」

青山さんがそう言うなら、ぼくも読んでみよう、いつか、コヘレトを。

青山さんが聖書を読んでいたというのは、意外だった。物理の好きな青山さんはいつも、「物事は常に、物質的連続性で考えなければならない」などと言っている。そんな人間は、神の存在など信じないと思っていたが、その青山さんが聖書を……。

なぜだろう。神など信じないと言いながら、実は宗教に救いを求めていた、ということか。まだ自分の気づいていないことが、何か、聖書には書かれているのではないか。そんな、藁をもつかむ思いで……。ぼくの思い違いだろうか？

ぼくには、神が存在するかどうかなど分からないが、これだけは信念としている。神など当てにはしない。

青山さんは、旧約聖書から何かを学んだようだ。これが、青山さんを心境の変化に導いた。青山さんが明るくなったのは、コヘレトとの出会いだったのかもしれない。この時、ぼくはそう思っていた。

この夜もまた、二人は「明日（あした）」まで呑んでしまった。三笠のおばさんからストップの声がかかることは、ついぞなかった。こういう時、超過料金は次の機会に精算することになっていた。おばさんとの間にそういう約束を交わしていたわけではなかったけれど、自然にできた不文律だった。

「おばさん。前回の分、これでいい？」

そう言って、当回の勘定に千円札を一枚か二枚足して支払うのだ。おばさんは、ぼくたちがいくら置いたかもろくに見もしないで、「あいよっ」と了解する。足りたのか足りなかったのか、こちらには分かりようもないのだが、ま、それでよかったのだろう。心配はない、おばさんはしっかり者だ。

新しい青山さんに触れて、この日、自分もまた、沈んだ気持ちを明日に向かって立て直せたように思った。

（十三）乗船実習

——ぼくの青鷹丸は陸路を行く。
どこに向かおうというのだ

三年生の夏になると、漁業科の学生には一ヵ月にわたる乗船実習が待ち受ける。航海士への必須科目である。ぼくにもその日が来たのだ。

大学には外洋に出られる練習船が三隻ある。海鷹丸、神鷹丸そして青鷹丸だ。ぼくは一番小さな青鷹丸に乗船することが決まった。三隻の航海先はそれぞれだ。年によって行き先は変わるが、この年、海鷹丸はオーストラリア海域まで、神鷹丸はハワイ海域まで、そして青鷹丸は日本列島一周だ。六月に入るとまもなく、「七月一日正午乗船」の招集がかかった。

青鷹丸には、一五名の学生と、学生数と同じほどの教官、乗組員が乗り込む。船長は九鬼教官だ。その名前から親しみを込めて、ぼくたちは「キャプテン・クック」と呼んだ。学生に人気があり、親しまれている教官だ。

青鷹丸の母港は大学構内の一角にある繋船場だ。ぼくたちが目黒川をめざしてカッター・ボートを繰り出したあのポンドだ。海鷹丸や神鷹丸の母港は豊海埠頭だが、排水量二一七トンと小柄な青鷹丸は大学構内の一角を母港にしている。寮から三〇〇メートルも歩けばいつでも身近に見ることができた。日頃から、親しみ深い練習船だ。一つの心配事をのぞけば、青鷹丸に乗船できることがうれしかった。

七月一日午後、青鷹丸は母港を出航した。東京湾をゆっくりと南下し、浦賀水道を抜けていよいよ外洋に出る。房総半島の先端から北上に転じて、最初の寄港地、岩手県大船渡をめざした。

学生を含めた乗組員は、まず左舷と右舷の班に分けられる。船が港に停泊する時、全員が上陸することは許されない。左舷班が上陸する時には、右舷班は船にとどまって一連の業務を担う。常に片舷のみの上陸しか許されない。それが船の決まりだ。また、航海中の班分けもある。操舵室の任務に立つ時間は四時間単位になっている。十二時間を三班に区分する。零時から四時の班、四時から八時の班、八時から十二時の班だ。十二時以降は同じ班分けが繰り返される。二十四時間のうちに二回、計八時間の操舵室任務に就くことになる。ぼくは、右舷班、零時―四時班に振り分けられた。

操舵室では舵をとったり、船の位置を海図に落としたり、他船の航行や漂流物の見張りに立つ任務に就く。これを英語でワッチ（ｗａｔｃｈ）と言い、零時―四時のワッチ任務をゼロヨン・ワッチと呼んだ。

ゼロヨン・ワッチでは、正午から午後四時までの任務は苦にならなかったが、深夜零時から早朝四時までの任務には、慣れるまで少し時間を要した。ワッチから次のワッチまでの間には八時間あるが、ワッチが終わると眠りにつけるわけではない。次の四時間には、甲板や船内の清掃、食事の準備などが待っている。そのあとようやく四時間の休息になる。すなわち、航行中は八時間連続で眠ることができないのだ。これは若い体にはつらい。これに、海が荒れて船酔いが襲うと、もう事態は最悪である。船酔い状態で肉体労働することほどつらいことは、この世にない。

青鷹丸は二一七トンと小柄だが、機能にはすぐれたものがある。なかでも、船底から海中に延伸する水中観測筒が特徴的だ。船底から海中に数メートル伸びて、海中を観察することができる。観測筒は一人入るのがやっとの空間しかない。観測筒の底面と側面には観察窓があり、そこから海中を観察することができる。

ぼくは、この観測筒に入るのが好きだった。沖合に停泊する時には、教官に黙って観測筒を海中に伸ばしては、一人楽しんだ。特別に観測課題があったわけではなかったが、じっと海を見つめているだけで時間を忘れる。どんな魚も、泳いでいる姿がもっとも美しい。魚の泳ぐ姿は、築地魚市場で見た数多くの魚たちとはまったく違っていた。うろこが光を幾何学模様のごとく反射して、宝石のように煌めく。魚体は次々に美しく変化しては瞬き、瞬いては七変化する。ただ、ただ、美しい。

視線を魚たちから逸らして真下に落とすと、視界は海底に達することなく、深遠の途中に消え失せる。背筋がぞくりとする。そこは畏敬畏怖の世界だ。観測筒の小窓には、そんな世界がひろがっていた。

大船渡での実習は、鯨の解体作業だった。鯨にワイヤロープを掛ける。四方からウインチで引っ張る。緊張した箇所に、薙刀のような巨大なナイフを入れる。すると鯨の体は、スパッと見事に引き裂かれ、真っ白な脂身が飛び出した。

この実習の何が一番の印象だったかと言えば、それは、とてもこの世のものとは思えない、この時のにおいだった。臭いことこの上もない、鯨の強烈な体臭だった。

体に纏わりついた鯨のにおいとともに、大船渡港をあとにする頃、乗船実習にも少し慣れてきた。

この頃の航法には、「天文航法」と「地文航法」があった。天文航法は、水平線しか見えない大海原の中で、星座を頼りに船の位置を確認しながら航行する方法だ。地文航法は、沿岸の地物を頼りに船の位置を確認しながらすすむ航法だ。簡単に言えば、まあそんな感じだ。日本列島を一周する青鷹丸には、地文航法が適していた。順調に航海を続ける中、三陸沖にさしかかって、地文航法の実習がおこなわれた。

海図には、航行の標識となる、分かりやすい地物が記載されている。山や小高い丘、大きな建物や構造物、灯台などがその対象となる。目立った地物から三ヵ所を選び、羅針盤で船からの方位を測定する。その三つの方位を海図に落とし込み、三本の線が重なったところが船の位置となる。方位測定が正確なら三本の線は一点で交わる。方位を正確に測れるなら方位線は二本でいいという理屈になる。理論上はそういうことだが、三本の線が一点で交わることはまずない。おおかたは小さな三角形になる。その中心を船の位置として、海図に落とし込むのだ。

ぼくの番が来た。

「次、周防。やってみろ!」

九鬼船長の指示が出た。

ぼくは海図から三ヵ所の地物を拾い、急いで羅針盤のある操舵室の屋上に上がった。作業は急がなければならない。船は時速二〇キロほどの速度で航行しているため、測定方位は刻々と変化する。ぼくは、実際の地物三ヵ所の方位を素早く読み取った。方位を記憶し急いで操舵室に戻った。ぼくは、海図に向かう。記憶している三方位を海図に落とす。三角形ができた。まずはひと安心。三角形が大きいほど観測精度が悪いことを意味する。三角形は少々大きめだが、まあいいだろう。その中心に青鷹丸の位置を記した。

「船長、できました！」

ぼくは、少し大きめの声で、自信に満ちた表情で報告した。

「よし！　見よう」

船長と二人の教官がぼくの海図を覗いた。瞬時に三人は顔を見合わせた。笑っているように思えた。厭な予感がする。

「周防、一つ聞くが……。この船は陸の上も走れるのか！」

ぼくは飛び込むように、海図を覗き込んだ。

「あ、まずい！」

思わず叫んでいた。三角形が陸の上にできている。確かにこれはまずい！

「やり直しっ！」

間髪を入れず、キャプテン・クックの少し尖った声が飛んできた。

若い教官の一人が、「慌てなくていい。ゆっくり」と声をかけてくれた。

二回目。青鷹丸は、なんとか海の上を航行した。

北海道海域は、夏といえども、なお波は高い。船酔いがぼくを迎え撃つ。ワッチに立つ時も洗面器を抱えることになった。次の寄港地は、山形県酒田港までない。絶望的だ。「一週間も乗れば船酔いは消える」と教えられていたが、そんなのは嘘っぱちだった。結局ぼくは、瀬戸内海を航行する区間をのぞいて、ほぼ全行程にわたって船酔い状態だった。乗船実習が終わった時には、七〇キロあった体重は六四キロになっていた。

青鷹丸は日本海に入り、大和堆（やまとたい）でイカ釣り漁やトロール漁の実習をおこない、ようやく酒田港に入港した。右舷上陸の許可が下りた。上陸しても体はしばらく揺れている。それでも船酔いから解放されて、ぼくは徐々に元気を取り戻した。食欲も回復した。

レストランに入って注文の食事を待っている時、教官の一人がちょっと皮肉っぽく言った。

「海の上で元気がなく、陸（おか）に上がったら元気になる奴のことを、なんと呼ぶか知っているか？」

「いいえ。なんと言うのですか？」

「ミスター・ハーバー」

全員が一斉に声を上げて笑った。すべての視線がぼくのほうを向いていた。ぼくはその日から、ミスター・ハーバーと呼ばれることになってしまった。悔しい！

青鷹丸は酒田港を離れ、山陰沖をめざして航行していた。途中、海の穏やかな状況を見て操船実習がおこなわれることになった。ゼロヨン・ワッチのぼくたち五人の実習は、快晴の高い空の下でおこなわれた。

「これから操船実習をおこなう。舵をとって、実際にこの船の操船をしてもらう。まず周防から。では、操舵手の位置に着いて！」

クック船長の声がかかった。一番手とは予想外だった。装備にすぐれた青鷹丸には、乗組員用とは別に、学生用の操舵設備一式が備えられている。その位置にぼくは立った。小さなレジャー・ボートの操縦経験はあったが、二一七トンの本格機船の操縦はもちろん初めてのことだ。舵は円形で車のハンドルより小さい。針路が船長から示され、それに合わせて舵を左右に切るだけだ。

（十三）乗船実習

海は広い。脱輪もなければ、Ｓ字カーブもない。この広い海で、ただまっすぐ走らせればいいのだ。ただそれだけのこと……だったが、話はそうは簡単ではなかった。

「針路二八五度へ！」

クック船長の指示が発せられた。

船は、舵を切ってもすぐには方向転換しない。船体が大きくなればなるほど、舵を切ってから船首が方向を変え始めるまでに時間がかかる。このことは教室の授業で学んでいた。

ぼくは船を二八五度に向けようと、右へと面舵（おもかじ）を五度切った。

………

船体は何の反応も見せない。

待つ……

何も起こらない。

待つ……

舵の切り方が足りないのか。船首は依然反応しない。

（ええいっ！）

ぼくは我慢しきれなくなった。さらに五度、右へと面舵を切った。この判断が致命傷となることも知らずに。

すると、船首が右に振れ始めた。船首は二八五度に向かい始めた。

向かう。向かう。ぐんぐん向かっていく。止まらない！

（おいおい。こら。もういい。止まれ！）

青鷹丸の船首は二八五度を超えてどんどん右に向かう。ぼくは慌てて、左へと取舵を切り返した。

もう何度切ったのか分からなくなっていた。右に大きく振れた船首は、しかし戻らない。

まだ右に向かっている。

待つ。

まだ待つ。

動いた！

よし。

ようやく直進するようになった。

と、そう思いきや、青鷹丸は進路を外れていく。どんどん左に行く。

（これではダメだ！）

ぼくは五度、右へと面舵を切った。

もっと右に切るべきか、迷う。迷っていると、船首が右に振れ始めた。

（よしっ！）

しかし今度は、船首が二八五度を超えてどんどん右へと向かった。面舵を切りすぎたのか！

「ああっ」

事態は、もう自分の手には負えなくなっていた。

こうして、ぼくの青鷹丸は右へ、左へと舵を切り続けることになっていった。見かねたのか、予期していたのか、船長から声がかかった。

「周防。船の航跡を見てみろ！」

操舵室の両端の窓からは、船の航跡が見られるようになっている。青鷹丸は、真夏の紺碧の海に、見事に蛇行した純白の航跡を、美しく描いていた。

（ああ、海にもS字カーブはあったのか。これではまるで、北品川の千鳥足ではないか……）

ぼくは大きく肩を落としていた。大きな船の操舵がこれほどむずかしいものかと、骨の髄から学んだ瞬間だった。落胆しているぼくに、九鬼船長が優しく教示した。

「十万トンの石油タンカーは、舵を切ってから三分後にようやく船首が動き始めるそうだ。舵を切ってから三分が経過しないと船首は振れないのだ」

こんなふうにして、船酔いと冷や汗の乗船実習は続いていった。

零時三〇分前になると、眠りから叩き起こされる。この夜もゼロヨン・ワッチの深夜任務が始まる。顔を洗い、実習服に着替えると気持ちが切り替わる。まだ体は眠気を引きずっているが、操舵室に上がる頃には、心身ともに目覚めている。航海日誌と口頭による引継ぎ事項を受ける。異常なし。

青鷹丸は、隠岐ノ島近くを航行していた。真っ暗な海の水平線に、イカ釣り漁船の灯りが連なっている。まるで街があるようだ。故郷の漁師町が近い。大造丸もこのあたりまで漁に来るはずだ。

（ひょっとしたら、大造おじさんがすぐそばにいるかもしれない……）

そんなことを考えながら、所定の位置に着いた。

ワッチ、すなわち見張りは目視とレーダーによっておこなわれる。対象は、行き交う船舶や漂流物だ。湾内や海峡、水道などを航行する時には、かなりの数の船が行き交っており、緊張が高まる。広い海域においてさえ、船同士が衝突することがある。一見不思議にも思われるが、機敏な方向転換がむずかしい船舶は、早い段階から双方が衝突回避行動を取らなければならない。そのため、ワッチは非常に重要な任務となっている。夜間ともなれば、船舶が点す灯りとレーダーだけが頼りとなる。

今一つ注意深く監視しなければならないものに、漂流物がある。海にはさまざまなものが漂流している。おおかたのものが、海面からの高さを持たない。レーダーによる発見には、自ずと限界がある。アナログではあるが、双眼鏡による目視が頼りとなる。

その日のゼロヨン・ワッチも、何事もなく進行していた。時計は午前二時を示していた。レーダー監視に当たっていた伊東君が、ぽつりと言った。

「なんだか奇妙な動きをするものが映っています……」

一等航海士の田中教官が近寄ってきた。田中教官がこの日のゼロヨン・ワッチの責任者だ。

「どれだ？」

「この影です」

「何が変なのだ？」

一人、二人と、レーダーに集まってきた。ぼくも加わった。青鷹丸との距離はまだかなりある。

「本船が進路を変えると、それに合わせるように影が動くのです。そのように見えるのです」

伊東君が、見たままを説明した。

「距離は？」

「はい。約三キロメートルです」

青鷹丸の夜間航行速力八ノットから換算すると、十数分で接近することになる。田中教官は、航行速度を五ノットに減速するよう指示を出した。

チョッサー（一等航海士Chief Officerをこう呼ぶ）は、伊東君の言うことを確かめるため、時間をおいて五度、進路変更を指示した。伊東君の言うことは正しかった。俄に操舵室に緊張が充満した。チョッサーは、眠りについている九鬼船長に連絡を入れた。

まもなくして、船長が操舵室に姿を見せた。

船長はレーダーの影を確認。レーダーを監視しながら、指示を出した。舵は、二等航海士に代わってチョッサーが握った。残りの教官乗組員と学生は双眼鏡を手に取って、目視監視に当たった。ぼくも双眼鏡を握り、暗い海を凝視した。船長は機関室にも状況を報告した。周辺海域に行き交う船は、認められなかった。イカ釣り船団は遠い。レーダーに映る謎の影。漂流物はいったい何か？

「鯨かもしれない」

誰かが言った。

接近までまだ数分の時間がある。船長は、影の動きを何度か確認したが、状況に変わりはなかった。船長は、矢継ぎ早に指示を出した。

「速度三ノットに減速！」

「照明灯を点灯！」

「しっかり目視監視してくれ！　何か見えたら、直ちに報告せよ！」

九鬼船長は落ち着いていた。

レーダー上に見る限り、青鷹丸は謎の漂流物にまっすぐ迫っている。しかし、海上にはいまだ何も発見できない。まもなく、接触する距離になる。

「エンジン停止！」

「何か見えるか？」

船長の声が連続した。

「いいえ！」

否定する声が、次々に返ってきた。

一つトーンの上がった船長の声が、念を押した。

「すでに接触の距離に入っている。どうか？」

「何もありません！」

た。

「こちらも、何も見えません！」

上甲板に出て、船首から監視にあたっていた二等航海士からも、同じ報告の声が上がった。

何も確認できず、何事も起こることなく、その瞬間は過ぎ去った。レーダーに映った謎の影は、いったいなんだったのか。九鬼船長が低い声で言った。

「海では、しばしば不思議なことが起こる……」

これまでにも不思議な経験があったと言わんばかりの口ぶりで、キャプテン・クックは、意味ありげにそう言った。時刻はすでに午前三時半をまわっていた。ぼくたちは、ヨンパー・ワッチへの引継ぎ準備に入った。ぼくは、九鬼船長に指示を仰いだ。

「船長、いまのことは航海日誌に書きますか？」

「周防君。正確に記録しておいてくれ」

クック船長は、きっぱりそう言った。

ぼくは航海日誌に向かった。日誌に向かっていると、ある一つの想念が去来した。あの謎の影は、目黒川の老女だったのではないか。この日本海もまた汚れている。しっかりと見るのだと、老女はここでも、ぼくたちに人間の活動の矛盾の痕跡を指し示そうとしたのではないか。ぼくは、そんなことを考えた。許されるなら、航海日誌に老女のことを記録しておきたいと思った。

折しも日本列島に台風が近づいていた。クック船長は航海計画を変更した。東シナ海に向かうのをやめて、関門海峡から瀬戸内海に入ることを決断した。同じように考える船が多いのか、関門海峡の入り口では船舶が混み合った。しばらく順番待ちをしなければならなかった。

関門海峡は、航路が狭く、しかも屈曲している。潮流は速く、また複雑な流れをしている。潮流は一日に四回変わり、おおよそ六時間おきに東流から西流、西流から東流に転流する。その潮流速度は、最大で一〇ノット近くにまで達する。青鷹丸の最大速度は一〇・五ノット。迂闊に海峡に飛び込むことはできない。瀬戸内海から日本海に抜ける東流（青鷹丸の針路に逆流）になるタイミングで、海峡に突入しなければならない。

順流の西流に乗って海峡に入っていくのがいいように思うが、実は危険だ。速い順流に乗ると舵が思うように利かないのだ。潮流の方向と速度を慎重に確認して、海峡への進入のタイミングを判断しなくてはならない。もはや、ぼくたち学生の出番はない。教官たちの真剣な仕事ぶりを見学するだけだ。これもまたいい授業となった。

青鷹丸は、無事瀬戸内海に入った。数々の島が点在する瀬戸内海の景色は美しい。しかし、それと裏腹に、海の汚れは極まっていた。瀬戸内海では、ぼくがもっとも関心を持つ実習がおこなわれた。水質検査実習だ。海水温、塩度、透明度をはじめ、PH、DO（溶存酸素量）、COD（化学的酸素要求量）などの測定実習をおこなった。水質検査の各指標は、いずれもみじめな数値を示した。瀬戸内海もまた、汚染と赤潮に瀕死の姿を呈している。成長する経済活動の一方で、確実に、河川や海はそのつけを負わされている。

真夏の日の輪行から三年の歳月が経っていた。田子の浦や伊良湖水道で見た海の記憶は、まだ鮮明に残っている。瀬戸内海を行く船舶たちもまた、いつまでもいつまでも消えることのない航跡を漂わせている。ここでも、海は悲鳴を上げていた。

瀬戸内海を抜けると熊野灘、遠州灘が待ち受けていた。波は高く、ぼくはふたたび船酔いに襲われた。母港のポンドまで寄港地はなく、海上でただただ耐えるより仕方なかった。船酔いに悩まされながら、それでもなんとか母港のポンドに帰港。ひと月にわたる乗船実習は、こうして終わった。

乗船実習で獲れた魚介類は、その売却代金を国庫へ収納されるそうだが、大和堆の実習で獲れたイカの冷凍したものを、二杯ずつ持たされ、ぼくたちは青鷹丸を下船した。

（十三）乗船実習

航海に出る時、頭によぎっていた一つの心配事は、どうやら現実のものになりそうだ。
ぼくは、航海士にはならないだろう。

（十四）もやいの海

てふてふが一匹　韃靼海峡を渡って行った
（安西冬衛『春』より）

乗船実習も終わり、卒業論文を書くためのゼミを選ぶ時期を迎えた。航海士をめざすなら、このままの課程をすすめばいいが、すでにその気持ちを失くしていた。日本海でぼくの青鷹丸（せいようまる）が迷走したように、羅針盤は方向を見失った。さしあたって、どこかゼミを選ばなければならない。

生物系の科目を多く履修していたので、水産資源系のゼミに進むことになるだろうと、実は乗船実習中にぼんやり考えていた。しかし選択したのは平川ゼミだった。

平川ゼミは、社会科学の視点から漁業を研究する教室だ。焦る気持ちもあって、少し冷静さを欠いた判断だったかもしれない。というのも、社会科学なら卒業してからも学べる。せっかく研究設備の整った理系大学に来たのだ、卒論にその設備を活用しない手はない。そういう思いがあった。

しかし結局、小さな挫折感を携えて、ぼくは平川教室の門を叩いた。先生には少し失礼な気持ちもした。

平川ゼミに行こう。そう決意させた講義が二つあった。『協同組合論』と『水産国際関係論』だ。協同組合については、S先輩から教えてもらったのが出合いだった。ヨーロッパでは歴史があり、資本主義的生産様式に対して批判的に提起された組織論であり、またその実践例であると学んだ。水産国際関係論は、この頃国際海洋法会議が盛んに話題となっていたことから、履修した。

平川教授は穏やかで、気さくな先生だ。話し方に朴訥なところがあるが、時折、強い信念を感じさせるものがある。学生からも人気があった。

朋鷹寮では、忘年会に何人かの先生に招待状を出すが、平川先生は必ず参加してくださった。ストライキとロックアウトが繰り返され、大学と学生が対立する時期にあっても、常に学生との接点を持つ数少ない教授の一人だった。卒論のテーマはまだ決まらないが、その模索が始まって以来、ぼくは平川教室に入り浸るようになった。

ある日のことだった。ゼミが終わったあと、平川先生から声がかかった。

「周防君、今日これから時間は空いているか？」

「は、はい。特に予定はありません」

「それなら一緒に出よう。駅前で食事でもどうだ」

何事だろう？　先生から誘われるのは初めてのことだった。

「はい、分かりました」

ぼくは条件反射のように返事した。ゼミ学生は四人だが、残りの三人がいなくなるのを見計らうかのように、先生はぼくに声をかけた。ゼミ室を出る時、ほかにも誰か一緒だろうかと、きょろきょろとしてみたが、やはり二人きりらしい。「何かある」とぼくは直感した。少し緊張が走った。あてもなく頭をめぐらせながら、先生の後ろをとぼとぼとついて歩いた。

大学は、品川駅東口から一〇分ほど海に向かって歩いたところにある。反対側の高輪口とは違って、場末という風情がぴったりの場所だ。東口までの途中に食事のとれるような店はない。結局二人は、東口から薄暗く長い地下道のような通路を抜けて、賑やかな高輪口に出た。

高輪口から目の前の国道を渡った筋向かいに京品ホテルがあり、その一階にこぎれいな和食料理店が営業している。先生はそこに迷いなく入っていった。学生の身分ではなかなか入れそうにない雰囲気の店だ。

席に着くと、先生はひととおりの注文を済ませた。ぼくはじっとその様子を眺めていた。しばらくして、冷えたビールが来た。先生はビール瓶を手に取り、ぼくのグラスに注いでくださった。ぼくは恐縮を装うように、ビール瓶に両手を添えて返杯した。注ぎ終えると、素早く自分のグラスを取り、二人同時にぐいと三分の一ほどを飲み乾した。ひと息ついた。先生がおもむろに口をひらいた。

「私は明日からジュネーブに出張なんだ。国連の海洋法会議に出席するんだ」

先生はいきなり大きな話題を持ち出した。この頃国連では、国際海洋秩序の法制化に向けて激しい議論が交わされていた。とりわけ、二〇〇カイリの排他的経済水域の設定をめぐり、各国の思惑が入り乱れて、激しく国益を争っていた。

「周防君。私はこの会議で画期的な提案をするんだ」

いつも穏やかで朴訥な先生の口から、いつにない気迫が感じられた。ぼくに合いの手を入れる隙も与えず、先生は持論を語り始めた。

「そもそも海は誰のものでもない。人類共通の財産だ。沿岸国だけが排他的経済水域と称して生物資源や鉱物資源を独占できるというような海洋法は間違っている。沿岸を持たない内陸国家にとっても、資源活用の恩恵に浴することができるような海洋法を作るべきだ。そういう国際秩序をめざすべきだ」

これが平川先生の主張だった。先生はこうも指摘する。

「沿岸国にのみ海洋の権益を認めるような国際法は、未来に必ず禍根を残す。ひいては戦争を引き起こすことにもなりかねない。そんな海洋法を未来に残すことは、今を生きる者として、なんとしても避けなければいけない」

酒や料理に手を付けることもなく、語り続ける先生の迫力に圧倒されながら、ぼくは聞き入った。先生の持論を聞きながら、ふと思った。先生はなぜこんな大事なことを、わざわざぼくごときに話すのだろう？　先生はぼくに何を伝えたいのだろう？　ぼくは感想や意見を述べることもなく、相槌を打つでもなく、そのことばかり考えていた。ほとんどなんの反応も示さないぼくに、先生はきっと失望したに違いない。

先生の本当の意図に気づいたのは、それからずっと後のことだった。

ぼくは、目黒川で老女がしがみついていた舫(もや)い杭のことを思い出していた。舫い杭は舟を繋ぎ止めおくための杭である。その杭と舟を繋ぐ綱を「舫い綱」という。

舫い綱は、「舫い結び」という独特の結び方で結ぶ。結び方を言葉で描写するのはかなりむずかしい。ただ、その真髄は言える。どんなに強固に結んでも、ほどきやすいということだ。船を舫い杭に係留したり、船同士を繋いだりする舫い綱には、潮流や風の影響を受け、その結び目には想像もつかないほど大きな力が加わる。それでも、必要な時には、人間の小さな力でその結び目を解くことができるのだ。舫い結びの真髄はここにある。「もやい」とは、強固で優しい絆のことだ。

　もやいにまつわる言葉は多い。もやい田、もやい山、もやい船、もやい漁……。これらは、日本の歴史の中で脈々と実践されてきた、共有と協同にもとづく生産活動の一様式だ。「共有主義的生産活動様式」とでも言おうか。平川先生の主張は、このもやいの実践思想にもとづいているとすぐに分かった。

　もやいの思想を国際海洋法に敷衍（ふえん）しようとする試みを携えて、平川先生はただ一人、国際の舞台に乗り込んでいくのだ。

　平川先生の主張を、ぼくは繰り返し考えた。この時すでに先生は、海が人類全体の共有財産であることに確信を持っていたのだ。海洋に関する権益の分割と、発言力の強い沿岸国の囲い込みを許してはならないことを、世界に主張するべく、先生はジュネーブに乗り込んでいくのだ。先生は、そのことをぼくに伝えようとした。しかし、なぜぼくだったのか、その時、ぼくには分からなかった。

＊

平川先生との思い出が、穏やかに揺れ動く目黒川の水面に蘇っていた。

一九七三年から第三次海洋法会議が始まり、一九八二年に一二カイリ領海法、二〇〇カイリ排他的経済水域法が成立。九四年発効。九六年日本批准。この歴史の中で、平川先生の主張は、結果として、世界から顧みられることはなかった。社会主義や共産主義を標榜する国家群の中からでさえ、海洋の共有を主張する国家は現れなかった。この時、私は、社会主義国家の正体を見る思いがした。

先生の理想は、貪欲な資本主義生産様式が世界を席巻する中、抗いようもなく、無視され、大海に沈んだ。

しかしそれは、けっして平川先生の敗北ではない。国際社会が敗れたのだ。

先生の主張は死に絶えたわけではない。先生が未来に向けておこなった主張は、今なお、未来に対して大きな意味と可能性を指し示すものだ。将来において、必ず評価を受ける時が来る。

あの夜、先生は私にどんな思いでその決意を語ったのか。そうか。あの時先生は自分の後継者を探していたのではないだろうか。後年にふと、そう気づいた瞬間があった。

「そうか。そういうことだったのか」

先生の期待に応えられなかった自らの至らなさを、私は寂しく嘆いた。今なお、この上ない慙愧のうちにある。この深い傷痕は、生涯にわたって疼(うず)き続けている。

（十五）雲鷹丸（うんようまる）の矛盾

——矛盾は、止揚のために存在する

在学四年目に入ろうとする三月、寮内をぶらぶらしていると、同級の黒井が声をかけてきた。話があるという。

「俺は寮委員長に立候補する。周防、おまえに副委員長をやってもらいたいので、一緒に立候補してほしい」

突然の話だった。黒井は普段から多くを語らない、物静かな男だ。黒井らしいといえば黒井らしい物言いだ。ぼくはすでに一年後期から二年前期にかけて寮委員を二期一年つとめていたので、義務を果たした気持ちでいた。黒井の話に、その気はなかった。まして副委員長という大役にも、腰が引けた。

しかし困った。断る言い分が見つからない。兄貴肌の黒井には、多くの寮生が信頼を寄せている。彼から頼まれると、なかなか断れるものではない。しかも彼から頼み事をされるのは、これが初めてのことだ。それにもまして、彼から信頼を寄せられたという、そのことがまた、不思議な説得力を発揮するのだ。そんな力を持つのが黒井だ。

「副委員長をやってもらいたい」

そう言われた瞬間、もう引き受けたのも同然だった。逡巡する間も与えない。してやられた。人徳とは、こういうものなのかもしれない。

副委員長を引き受けた時点から、一つの不安が生起した。副委員長を引き受けるということは、半年後に寮委員長を引き受けなければならない事態が来るのではないか。その光景が、ぼくの目に見えた。端から、黒井の計算づくのことだったかもしれなかったが、自分にその覚悟まではできていなかった。

ほかに立候補する者もなく、二人は選任された。不安を抱えたまま、副寮委員長としての活動が始まった。正・副委員長は二〇三号室に寝泊まりすることになっていた。四月に入ってすぐ、ぼくは二〇三号室に寝床を移した。

覚悟しなければならないことは、もう一つあった。卒業を諦めなければならない事態が来るかもしれない、という覚悟だ。黒井の前任者二人は、退学を余儀なくされた。寮長を引き受けた裏側には、その覚悟が要ったに違いない。黒井の心中が察せられた。

それは、近い未来の自分のことでもあったが、ぼくは、のほほんと受け止めていた。

「卒業なんて、もうどうでもいい」

そんな諦念が、その頃、ぼくの心の中をうろうろし始めていたのだった。ちゃんと卒業しなければならないと思う理由は、ただ、両親のためにというだけのことになっていた。卒業は、もう自分のものではなくなっていた。


学内の状況はだいぶ落ち着きを取り戻していた。授業は再開し、学園祭の開催も決まり、実行委員会も活動を開始していた。それでも依然として、学生と大学との間の不信感は、紛争の火種としてくすぶり続けていた。副寮委員長に就く前のことになるが、こんな事件が起こった。

自治会が学生大会でストライキ権を確立し、その後実際にストライキに突入するという事態になった。これに対し、大学はロックアウトで応じた。事件は、ロックアウト中に起こった。

学生自治会は、学内本館近くにある噴水池周辺で集会をひらいた。集会に対して大学が

（十五）雲鷹丸の矛盾

機動隊を導入することが懸念された。学生側は、事前に対応策を打ち合わせていた。機動隊が襲ってきたら、どこに逃げるか。逃げ場所は三ヵ所指定された。まず研究室。ロックアウト中も、研究室は例外とされていた。研究はどうしても継続性が求められる。データを取り続けなければならないため、中断できないからだ。研究生は白衣を着ることになっていた。そこで、研究室に逃げ込んで白衣を纏う。研究生に成りすますというのが、第一の対応策だ。第二は、学生寮に逃げ込む。そして第三は、キャンパス内にある購買店舗に駆け込む。こういう段取りを事前に打ち合わせていた。警戒心の中、集会はすすんでいった。何人かの発言が終わった、その時だった。

「機動隊だ！」

声が上がった。

「逃げろ！」

集会は八方に向かって、一斉に散った。

正門と裏門から、機動隊が流れ込んできた。第四機動隊と第七機動隊による挟み撃ちだった。第四機動隊は、「鬼の四機」と呼ばれ、学生から恐れられていた。

ぼくたちは、ちりぢりに逃げた。挟み撃ちは予想していなかった。裏門からの機動隊は、学生寮への避難を不可能にした。そこに不測の事態が重なった。購買店舗が門を閉ざし、学生の避難を拒否したのだ。多くの学生が逃げ場を失った。この行為で身柄を拘束された学生は三〇名に及んだと、後に聞いた。

自分はといえば、走ることに自信があったことから、重装備の機動隊には追いつかれないだろうと想定していた。それでも万一に備え、気構えと服装・履物にもその準備を怠らなかった。それでもやっぱり、その瞬間はあわてふためき、心臓は爆発していた。ぼくの逃げ足は、ボブ・ヘイズより速かったかもしれない。どのように逃げおおせたのか、今はもう記憶にないが、やっぱり怖かった。

この冬にも学生による抗議活動があった。ぼくたちは大学本館前で、二人の学友の処分に関する教授会決議の結果を待っていた。教授会は長引いた。夕暮れ時になり、寒さが一段と身に染みてきた。寒さのあまり暖をとろうと、芝生に火をつける出来事が起きた。この行為は、処分を決定づけるかっこうの口実とされてしまった。不注意だった。二人の学友が続けざまに退学、放学処分を受けることになった。このような経緯（いきさつ）の中で、黒井とぼくは、正・副寮委員長を引き受けたのだった。

楽しい話もあった。

「寮祭を復活させたい」

黒井が、あたためていた腹案を寮委員会で吐き出した。明るい話題だ。全員が賛成し準備が始まった。

かつては、秋の海鷹祭（全学祭）の期間中に合わせて開催していたが、思い切って初夏の開催とした。新入寮生の歓迎と寮生間の親睦を深める機会にしようという表向きの狙いもあったが、何かと重苦しい学園生活に一陣の新風を吹き込みたいという、黒井の思いが込められていた。ユニークなものにしようと、寮委員は連日連夜、ない知恵をしぼり続けた。体育系の企画はすぐに決まった。一つは、カッター・ボート・レースだ。大学のすぐ西側を流れる高浜運河の御楯橋から楽水橋までの約四〇〇メートルを競う。二つ目の企画は、寮前を発着点とする約三キロメートルのマラソン大会だ。部屋対抗のリレーも企画された。仮装行列で大学近隣を練り歩くことも決まった。

行列の注目は、クロマグロの模型だ。模型は、三一〇号室と五〇二号室が協同して作成したものだが、当初、「さて、一体どんなものができるのか」と、少々見縊っていた。しかし、出来上がったものを見ると……全長三メートル。実物なら三五〇キロはあろうか。銀灰色の背鰭が二つ。第二背鰭の先端とその後に続く小離鰭は黄色を帯びる。臀鰭とその後に続く小離鰭は銀白色を呈している。細部に至るまで精巧にできたものだ。それは、水産大生の矜持と意地を感じさせる出来映えだった。

アカデミズム系では、寮生からの提案で、「沖縄海洋博を考える」というテーマで発表と討論会が企画されることになった。タイムリーな提案だ。アメリカからの沖縄返還を記念する行事の一環として、この翌年に沖縄海洋博覧会の開催が計画されていた。その夏の三年生乗船実習では、海鷹丸の博覧会への参加が予定されている。これを機に、沖縄返還や海洋博そのものを考えようという趣旨だ。アカデミズム系はこれで充分だった。

苦労したのは、エンタテイメント系の企画だった。全国の学園祭では、有名な歌手を呼ぶのが流行っていた。そこで、人気の出始めていたあるデュエット歌手を呼ぼうということになり、その筋との交渉に臨んだ。が、出演料を聞いて、あっさり諦めた。

誰もが頭を抱えていると、寮委員の一人から、ひとつの企画が提案された。雲鷹丸(うんようまる)でダンスパーティーをやってはどうかというのだ。海鷹祭でもダンスパーティーは準備されるが、会場は大講堂だ。さもあらん。こちらはひとひねりで対抗だ。

陸(おか)に上がっている雲鷹丸の内部は、がらんと講堂様になっている。五十組一〇〇名ほどは入れるのではないか? ちょうどいい。夕暮れ時からライトアップで演出すれば、効果満点だ。上甲板での囁き合いも、この上ないロマンチシズムだ。寮生は、チューニック(乗船服)で迎えるのがいい。

水産大学には制服がある。上着の留め金がホック式で、チューニックと呼ばれる制服だ。

（十五）雲鷹丸の矛盾

戦時中、商船大学や水産大学の学生は海軍候補生の位置づけだった。そのなごりで、この海軍式の制服が採用されている。そう聞いたことがある。普段はあまり着ることがない。遠洋航海など乗船実習や特別行事の時に限られる。このチューニックが寮祭の時にその威力を発揮するのは間違いない。体格だけ逞しいその身に、学帽と上下のチューニックを纏い、革靴を履く。あとは何も言わなければ俄然、きりっと凛々しい姿に変身できる。馬子にも衣装とは、まさしくこのことだ。

「よし、これでいこう！」

黒井が決議する声を発した。

「しかし、一つ問題が……」

寮委員の山本君が、流れを濁らせた。

「なんだ、何が問題だ？」

「ダンスの相手はどうするんですか？」

黒井が渋い顔で頭を掻いた。

確かに……。水産大学は一学年二三〇人の小さな大学だ。しかも、女子学生は極端に少ない。自分の入学年でいえば、女子学生は二三〇人中わずか四人だ。討議の場に、しばらく重苦しい沈黙の霧が立ち込めた。

ここまで順調にすすんできた会議を能天気に傍観していたぼくに、突如、災難が降りかかってきた。黒井が発言した。

「よし！　どこか女子大にあたろう。案内を出すんだ。副委員長！　この件を頼む」

「えっ、俺？」

不意を突かれた。また、やられた。黒井には敵わない……。

これまで一度たりとも副委員長などと呼んだこともないくせに……。少々ひがみながらも、「分かった」と、即座にぼくは言葉を返していた。盛り上がっているのだ、やるしかない。

この日の夜半、なぜか眠れなかった。部屋を後にして、足は雲鷹丸に向かった。これから始まろうとする華やかなダンスパーティーを想像しながら、上甲板に上がった。

気分転換に雲鷹丸に足を延ばすのは、寮生のよくやることだった。タバコをふかす姿などをしばしば見かける。それぞれがそれぞれに自らを振り返り、あるいはまた、未来を夢見るのだろう。この日は誰もいなかった。一人だ。夜風が気持ちいい。ぼくもまた、物思いにふけった。

いつだったか。そう、まだ一年だった。雲鷹丸にまつわる史実と、ある一編の小説をほぼ同時に知ってからというもの、ぼくの心に、ずっとわだかまるものがあった。

オホーツク海のカムチャッカ半島海域での母船式遠洋漁業の開拓に、雲鷹丸は先駆的な役割を果たした。加工生産設備を備えた雲鷹丸は、まさしく、海に浮かぶ工場だった。同海域で獲れるタラバガニの船内缶詰加工を可能にしたという。この史実について、史料は肯定的に記録している。

しかし、その歴史的功績とは裏腹に、蟹工船の悲劇を思い出さざるを得ないのだ。小説『蟹工船』は、S先輩に勧められて読んだ一冊だった。小説は、人間性も法律も及びがたい北洋に浮かぶ工場の中で、労働者たちが劣悪な環境に働き、搾取される様子を描いている。明治期における資本主義生産様式の実態を描き出している。

そんな蟹工船産業の発展に雲鷹丸が先駆的に貢献した（いや、加担した）という歴史を知った時、ぼくは寂しさを覚えた。小説『蟹工船』を読んでからというもの、ここに来るたび、気持ちが沈んだ。

しかし在学四年目を迎えたこの頃には、葛藤は過去のものになりつつあった。目覚めさせてくれたのは、誰あろう、遠軽さんだった。

「周防、これは誰のものだ！」

あの日のアルバイトの行きずりに、遠軽さんが突然、大きな工場のフェンスを掌で叩いて叫んだ言葉を、ぼくは思い出すのだ。あの時返した、的外れで素っとん狂な、限りない自らの無知を、ぼくは今、苦笑しながら振り返っている。

「雲鷹丸は生産手段にすぎない。雲鷹丸に、ぼくの気持ちを悲しませるような責任はない」

すでにこの時、自分にもそう理解できるようになっていた。

雲鷹丸の船腹は、かつて資本主義生産の先駆を担い、半世紀を経てこの時、ダンスパーティーの会場を担おうとしている。どちらも、雲鷹丸の愛おしい歴史に違いない。

一番近い女子大はどこだ？　ぼくは地図を引っ張り出した。五反田駅近くにあるS女子大学に目標を定めた。山本君を巻き込んで招待状とポスターを準備し、女子大学の学生会に連絡をとった。電話で趣旨を説明し、後日あらためて訪問する旨、約束を取り付けることができた。

訪問当日が来た。ぼくはチューニックに身を整え、ポスターを小脇に抱えてS女子大学の門をくぐった。

「なんと華やかなのだ！」

第一印象だった。ぼくはほぼ同時に、水産大学のむさくるしいキャンパスを思い浮かべた。見たくもない幻影を振り払い、正気を取り戻して学生会室に向かった。

交渉はうまくいった。学生会として積極的に案内してもらえることになった。ポスターを預けて、引き揚げた。

雲鷹丸でのダンスパーティーは成功裏に終わった。参加してくれた女性がS女子大学からの参加者だったのか、寮生自身が個人的にエスコートしてきた彼女だったのか、区別はつかなかった。何人ぐらいの女子学生が来てくれたのかも不明だ。それでも、ぼくたちには小さな達成感が残った。雲鷹丸にとっても、微笑ましい歴史の一ページとなったのではないだろうか。S女子大学にも、お礼の挨拶に行った。

寮祭は二日にわたって行われた。催しの一つとして、寮内にスナックとも居酒屋ともつかない店を設営した。四十八時間営業だ。マスターは黒井が担い、寮祭本部を兼ねた。入れ代わり立ち代わり、いつもの顔が現れる。通学生も気軽に顔を出してくれた。雲鷹丸からの流れで女子学生の可憐な姿も見られた。画期的なことだった。それがよかった。

二日にわたって酒が入ると、いろいろなことが起こる。具体的に何が起こるかは予測できなかったが、何かよからぬことが起こるであろうことは、一〇〇パーセントの確率で予測できた。寮委員は全員で身構えていた。案の定だ……。

「〇〇号室の××先輩が酔って暴れている！」

「窓ガラスを割って血を流している者がいる！」

「□□が女子学生にむりやりキスをしようとして、女の子が泣いている！」

次々に事件が飛び込んでくる。

ああっ！

初日の夜だった。「要塞女子寮突入事件」が起きた。

寮を出て楽水橋を渡り、北品川に向かって歩いて行くとすぐ、左手に大手航空会社の女子寮がある。ここは羽田空港が近い。この女子寮は二階あたりまでコンクリート塀がそびえ立ち、さながら要塞の体を成していた。そのつくりから、どうも居住区は三階から上層にあるらしいことが想像された。この要塞に突入してみようという話は、前々からくすぶっていた。警備をかいくぐって、何階まで到達できるかを試してみようというのだ。というのも、原因は向こうにもあった。

北品川に向かうには必ず要塞沿いを歩かなければならない。寮生が要塞下を歩いていると、時折、いたずらで上から紙くずやガムを投げてくるのだ。寮生はこれにつねづね憤慨していた。ま、いたずら心からのこととは分かってはいたが、それならこちらもと、いたずら心でやり返そうというわけだ。突撃は、この時までまだ実行されたことはなかった。祭りと酒が、寮生の気を大きくした。ついにその日が来たのだった。

一報が入った。寮生三名ほどが要塞突入を決行したと。第二報はあっけなかった。警備員に取り押さえられ、三階突入に失敗したと。要塞の警備はかなりのもののようだ。事の顛末はどうなったのか、寮委員会はかかわらなかったが、考えてみれば両者にはもう少しいいお付き合いの仕方があったかもしれない。少し残念な気持ちがした。

二日目の深夜。もう零時にならんとする頃だった。寮祭もなんとか終わり、寮委員長以下、寮委員みんなで反省会と称し、酒を呑みながら余韻に浸っていた。すると、一階事務室で外線電話が鳴り出した。寮委員の一人が飛んでいった。しばらくすると、彼はこう告げた。

「五反田巡査派出所と言っています。責任者をと……」

「何事だ？」

ぼくが電話に出た。

寮生らしき学生が二人、五反田のラーメン店でトラブルを起こしたらしい。五反田派出所に身柄を保護されているという。五反田派出所によれば、責任者に二人の身柄引受けに来てもらいたいと言うのだ。名前を確認すると、間違いない。わが寮生だ。二人は身元引受人に寮委員会を告げたという。

「周防、行ってくれないか」

黒井が言った。

黒井は酒に弱いわけではなかった。酔って取り乱すこともない。が、酒が入ると真っ赤になる。その点、こちらはまったく顔色が変わらなかった。ここは自分の出番だった。そろそろ終電がなくなる。急いで寮を出た。酔い覚ましをかねて、品川駅まで走った。五反田駅に到着するまで、ずっと目が回っていた。

五反田派出所に着くと、二人の寮生がパイプ椅子に情けなさそうに縮こまっている。

「水産大学朋鷹寮副寮委員長の周防と申します。このたびは、ご迷惑をおかけして、たいへん申し訳ございません」

うまく挨拶できた。酔いもだいぶ覚めてきているようだ。

まず、事の顚末を聞かされた。ラーメン店の看板娘にちょっかいを出したところ、その娘さんは店主の妹だったこともあり、店主が激怒。派出所に訴えたとのことだ。二人は非を認め、今ここにいるというわけだ。

「本来なら、学校のほうに連絡するところなんだが、二人によれば、学校は困ると言うし、親は東京ではないと言うもんだから。で、来てもらったわけです」

警察官はそう説明した。

「申し訳ありません。間違いなく、ぼくのほうで責任をもって二人に言い聞かせます」

ぼくは、殊勝に詫びの言葉を繰り返した。警察官は、ねずみ色のスチール製の机の引き出しに手をかけたかと思うと、一枚の紙とボールペン、そして朱肉をぼくの前に差し出した。

「身元引受けの確認書です。署名と捺印をお願いします」

文面に目を通し、署名し、拇印を押した。

「ラーメン店には、お詫びの挨拶に訪問したほうがいいでしょうか?」

一応尋ねた。警察官は少し考えて言った。

「その必要はないでしょう。機会を見て、こちらから伝えておきますよ」

期待通りの答えが返ってきた。

「ありがとうございます。それではお言葉に甘えて、そうさせていただきます」

交番の時計を見ると、もう午前一時をまわっている。山手線はすでに動いていない。

「やっぱ〜、(ヘッ) ここに (ヘッ) 泊めへもらえませんか?」

まだ酔いの覚めていない一人が、呂律のまわらない口調でそう言い放った。もう一人が、あわてて彼の口をふさいだ。状況を分かっているのか、いないのか、困ったものだ……。

警察官はそんなそぶりで、酔っぱらいを見つめた。

「申し訳ありません」

ぼくはもう一度、詫びの言葉を繰り返さなければならなかった。

「さあ、帰るぞ。二、三キロも歩けば寮に帰れる。がんばれ」

二人で酔っぱらいを抱えながら、警察官にぺこりと頭を下げ、五反田派出所をあとにした。派出所を出てすぐ、目にとまった公衆電話に飛び込んだ。寮に一報を入れ、三人は長い帰路についた。

こうして寮祭は終わった。


その年の十月になると、ぼくは寮委員長になっていた。副委員長を引き受けた時に予感した懸念は、そのまま的中した。黒井は、おそらく、ここまで計算していたに違いない。完敗だ。覚悟の上の完敗だった。

引き継いだ課題の中でもっとも重かったものは、朋友二人の処分撤回運動だった。ぼくたちは、退学処分、放学処分を連続して受けることになった朋友二人の処分撤回運動を闘っていた。しかし、課題は、ぼくには重すぎた。寮委員長を引き受けたのは無責任だったかもしれないという想いは、その後も残った。


「周防さん、大学から電話です。厚生課長からです」

一階事務所から、二〇三号室にインターホーンで連絡が入った。

（大学から？　何事だろう……）

ぼくは訝（いぶか）った。

「はい。すぐ行きます」

そう返事を返して一階に向かった。

受話器は所定の位置から外され、机の上に転がっていた。ぼくは受話器を拾い上げた。

「はい。寮委員長の周防です」

「厚生課長のＮです」

それは、丁寧だが事務的で、少しばかり改まった声に聞こえた。Ｎ課長とは何度か一緒に都庁に出かける機会があり、その行き帰りには世間話ができるまでの関係になっていた。

「もう定年が近いのです」

「そうですか。定年後の計画は立てておられるのですか？」

「私は車が好きなんです。だから定年後はタクシーの運転手になって、のんびり都内を流したいと思っています」

そんな会話を交わしたのを思い出す。しかし電話の声は、いつもの感じではない。電話の言葉の調子に、ぼくは違和感を持った。予感はあたってしまった。

「十一月十八日の午後一時から五時まで、寮の屋上に誰も上がらないようにしてください。もしこの時間帯に人影を発見した時には、場合によっては、射殺することもあります」

N課長の言葉とは、とても思えなかった。しかし事情はすぐに呑み込めた。

この年、十一月十八日から二十二日の日程で、アメリカ合衆国フォード大統領が来日した。羽田空港から首都高速を経由して都内に入る計画になっていた。首都高速は大学敷地内のグラウンドに沿って走っており、朋鷹寮屋上の一角から高速道路の一番近い位置まで、約二〇〇メートルの距離だ。公安の警戒は想像以上だった。

N課長の顔が浮かんだ。「射殺」という言葉を不本意にも伝えなければならなかったN課長の心情を、ぼくは察していた。緊張した声とともに、その表情がこちら側に届いたように思えた。

考えてみれば、二人は対立する立場にあるのだ。あらためてそれを知らされた瞬間だった。定年後の計画を穏やかな表情で話すN課長を思い出しながら、ぼくは、この世の不条理と、この上ない切なさを覚えた。N課長は自らの使命に従って職務をこなしているに違いない。ぼくはぼくで自分の信念にしたがって寮委員長をつとめているのだ。優しく語り合える二人に、この不条理を投げつけるのは、いったい何者なのか。得体の知れない彼奴(きやつ)

が憎い……。そんな想いがめぐった。

十一月十八日は翌日に迫っていた。電話を切ったあと、ぼくはグラウンドに出てみた。すでに警察官が入っている。かなりの数の警察官が、長い警棒のようなもので、高速道路直下の大学の塀沿いに不審物を探索している。朋鷹寮への家宅捜査もあるのではないか。そう予測して事態に備えたが、それはなかった。その夜、ぼくは寮委員会を招集した。

厚生課長からの電話の一件を報告し、状況を共有した。次に、これからの対応を打ち合わせた。大学当局は今回、グラウンドへの警察の立ち入りを認めたが、朋鷹療への立ち入りはまだ認めていない。一九七二年、あさま山荘事件の数日前、大学当局は朋鷹寮への機動隊の立ち入りを要請した。いや事実は、公安当局の要請を大学が許容したものだろう。いずれにせよ、三●五号室への強制捜査は実行された。また、ロックアウト中の学生集会に対しても機動隊を導入した。これらの事実経過をふまえて、大学当局の意思を読み取らなければならなかった。重苦しい作業だった。

眠りにつくこともできないまま、当日が来た。早朝の家宅捜査の可能性が残されていたため、寮委員会には緊張が張り詰め続けていたが、結局、その可能性は過ぎ去った。

一斉放送で全寮生に対し、あらためて状況説明した。屋上に出ないよう強く呼びかけた。

屋上に上がる危険性を説明するのに「射殺」という言葉を使うべきかどうか、当初迷った。しかし、使用しないことで寮生の認識に油断が生まれてはならないと考え、正確に伝えることにした。最悪の場合を考えざるを得なかった。とにかく逡巡している余裕はなかった。「その時」は、刻々と迫った。ぼくは冷静さを失っていた。動悸は打ち続けていたが、「(それは)恥ずかしいことではない」と、そう考えることができた。悟ったような冷静さは不要だ。そう考えると、意外に落ち着けた。

屋上に繋がる通路は一つだ。ぼくは、屋上への出入り口に立った。午後一時から五時まで立つと決めていた。時折、屋上を窺った。

屋上を窺うこと三度目のことだった。屋上の一角に赤旗がたなびいているではないか！しまった。動悸が激しく打った。いつの間にか、誰かが上がったのだ。

長さ二メートルほどの角材に、朱色一色に染まる布が取り付けられ、屋上北東の角に縛り付けられている。人影はない。よかった。「射殺」は内心では脅しだろうと推察したが、自分の状況判断に一〇〇パーセントの自信があるわけではない。読み違いは許されない。ぼくはほっとしていた。

ここを通る以外に屋上に出る方法はない。自分が持ち場を離れた隙のこととしか考えられない。背中に汗の流れるのを感じながら、残りの時間を立ち続けた。

（十五）雲鷹丸の矛盾

夕刻五時が過ぎた。何も起こることなく、緊張の時は過ぎ去った。

この出来事があって後の学園には、比較的穏やかな時が流れた。そうこうしているうちに年の瀬を迎え、寮生たちは故郷に帰って行った。

新しい年になると、期末試験が待ち受ける。寮委員会は、新入寮生を迎える準備に忙しくなる。委員長のぼくには、もう一つ大事な仕事があった。後継の委員長候補を探さなければならない。K君に要請した。K君とは、毎夜語り合う日々が続いた。そして三月、ぼくは任期を終えた。

一九七五年春、四年次（五年目）を迎えた。寮委員会からも、所属していたラグビー部からも退き、心身が一気に解放された。生活基盤も、本籍の四〇四号室に戻した。

学業は、留年したこともあって、規定の一四〇単位を優に超える単位数を履修していた。残るのは卒論を仕上げることぐらいだ。これからの一年という時を、心穏やかに過ごすことができるだろうと期待した。

解放されてみると、時間的な余裕は手持ちぶさたに感じるほどだ。雲鷹丸に足を運ぶことが多くなった。誰もいない上甲板で、風に吹かれながら、時を忘れる。特別に何かを考えることがあるわけでもない。もう、ないのだ。

（十六）山のあなたになお遠く

——言葉はいつもあからさますぎて、
かすかな希望までも消し去ってしまう

寮委員長の役目を終えて、いつからともなく、ぼくは卒業をめざすようになっていた。ところが秋になって、ぼくに迂闊なミスが発覚した。卒業に必要な総単位数は一四〇。一年留年したこともあり、ぼくはすでにそれを上回る一六〇単位を履修していた。ところが、履修基準を逸脱していることが四年次後期に入ってから分かったのだ。卒業を捨てかけていた四年目、ぼくは、履修基準に無頓着だった。自分の関心にしたがって履修していたために生じた結果であった。やむを得なかった。来年度もまた留年かと、半ば覚悟する日々が続いていた。

五年目を終えようとする一月のことだった。木谷が部屋に飛び込んできて、叫ぶように言った。

「周防、卒業者名簿におまえの名前が載っているぞ！」

「そんなはずはない」と、ぼくは言い返した。

「まあ、そう言わずに見に行ってみろ」と木谷は言う。

半信半疑にぼくは学生課の掲示板を覗きに行った。するとどうだろう、卒業者として、自分の名前があるではないか。意気消沈しているぼくを見かねて、木谷はわざわざ知らせに来てくれたのだ。木谷はいつも、ぼくのことを気にかけてくれる。

情勢がぼくを助けた。この頃、毎年三分の一程度の学部生が留年していた。留年生が増え続け、大学側も苦慮していた。大学当局は、卒業基準を少々変更してでも、一人でも多く卒業させようとしたようだ。そんな事情が手伝って、ぼくは卒業することになった。卒業することに大きな喜びはなかったが、両親の喜ぶ顔が浮かんだ。それだけの卒業だとしても、よかった。

で、就職先を探さなければならなくなった。さて、困った。

ある日のゼミで、平川先生が四年生に尋ねた。

「君たち、もう就職は決まったのか？」

四人のゼミ生の中で、ぼくだけがまだ決まっていなかった。それを告げると、「そうか」と先生はそれだけ言って、その日のゼミは終わった。

それから三日後、平川先生から呼び出しがかかった。二件の就職先を案内してくださった。M水産高校の教員の口と、漁業会社T社の話だった。ぼくは協同組合に行きたいと思っていたので、先生にそう伝えた。すると、二、三日して平川先生は都内にある全国漁業共済関連の団体（協同組合）を紹介してくださった。ぼくは、筆記試験を受けることにした。

筆記試験を通過し、数日後、面接に臨むことになった。そこで思わぬ質問が飛んできた。

「君は学生寮の委員長をやっていたそうですね」

「はい」

「その時、退学処分になった学生の処分撤回運動をやっていたそうですが、その理由はなんですか？」

（処分撤回運動のデモを組織したことまで知っている。なぜ、そんなことを知っているんだ？　どこからそんな情報が入るんだ……）

ぼくは訝（いぶか）った。面接官の質問はさらに踏み込んできた。

「彼らは学内の器物を毀損したそうじゃないですか。君はそのような行為を正当視するのですか？」

（そんなことまで知っているのか。喧嘩を売っているのか！　いや、試されているのだ）

ぼくは察知した。そして気持ちを落ち着けた。

平川先生からの推薦もあるので、おそらく面接官も、常識的な言葉が返ってくればそれでよしとするつもりだったに違いない。「寮長として、確かに処分撤回運動に取り組みました。しかし今では、それは誤りだったと後悔しています」とでも、殊勝な態度で応じていれば、面接官も合格にしたに違いなかった。しかし、ぼくはそう答えることをしなかった。できなかった。そんなことが、できるものか！

「学内の器物を毀損したことは事実ですが、問題の本質はそこにはありません。問題の本質は……」

ぼくは丸腰で、すでに敵陣まっしぐらに飛び込んでしまっていた。「まずい」と、すぐに気づいたが、時はすでに遅きに失していた。引き返す機会を失い、見事に玉砕してしまった。

面接を終え、その足でまっすぐ平川教室に報告に戻った。先生にはすでに知らせが入っていた。

「もうちょっとうまくやれなかったのか！」

普段穏やかな平川先生も、この時ばかりは、ぼくに苛立った。ぼくはふたたび、先生の期待を裏切った。今回ばかりは、先生の面子までも潰したのだ。先生の怒りは、やむを得なかった。

これ以来、先生は二度とぼくに就職先を世話してくださることはなかった。ぼくは、独りで就職先を探さなければならなかった。

ぼくは協同組合への就職を希望していた。なぜ協同組合か。この五年間、水産大学で学んだ一つの結論のように思えたのだ。確固たる信念にもとづくものでもなかったが、この結論は大切にするべきだと感じていた。漁協、農協は問わなかった。

協同組合の公募情報がなかなか入手できないで困っていると、農林漁業関係の金融機関に就職している先輩が、例のごとく部屋に遊びに来た。この時とばかり、漁協の採用募集状況について尋ねてみた。

「漁協というところは、ほとんどが縁故採用だ」

絶望的な言葉が返ってきた。

「地方では、漁協という職場はけっこういい就職口なのだ。地元の有力者や漁協役員の縁故者が、毎年のように就職口として狙いをつけ、コネを使ってくるのだ。漁協トップもなかなか断れない。一般公募の枠は、設けたくとも設けられないのが一般的だ。そんな実態だ」

金融機関の先輩はそう説明した。ぼくの、肩を落とす日々は続いた。

平川教室近くに、別棟に繋がる渡り廊下がある。そこにさしかかった時だった。壁に掛かっている小さな掲示板に、一枚の紙のぶら下がっているのが目にとまった。ピン留めされている紙には、「採用募集」とある。

「採用募集　H漁業協同組合　若干名　応募要項 云々」とある。住所を見ると、北海道札幌市とあった。

「北海道か……」

一本の画鋲に、かろうじてぶら下がっている紙切れを見つめながら、ぼくはしばらくの時間、その場で躊躇った。しかしその一方で、見知らぬ北海道での仕事と生活に淡い思いをめぐらし始めていた。どんな生活が待っているのだろう？　金融機関の先輩から聞かされた話を思い出しながら、ぼくはこの希少な公募に賭けてみようと、次第に決意を固めていくのを他人事のように自覚した。

筆記試験に臨むことにした。旅費は自前で負担しなければならなかったので、鉄道と青函連絡船の片道二十時間十五分の旅程となった。なんとか合格し、面接に臨むことになった。面接試験には、先方から旅費が支給され、飛行機の利用が許された。人生初めての飛行機に、少し明るい気分になった。ただ、採用が決まったとしても、北海道に行くかどうか、まだ決心できないでいた。まだ、多分に上の空だった。

実際のところ、東京では農業団体にも応募書類を送っていた。北海道への受験行は、いくぶんか旅行気分のところもあった。

農業団体から届いた返事は、しかし、門前払いだった。筆記試験にも臨めなかった。理由は分からない。東京での就職活動は、これですべてダメになった。そんな中、北海道から面接試験の結果が届いた。うまくいったようだ。

うれしさも半ばに、ぼくは、山のあなたに行ってみることにした。北海道に行くことが決まると、まっさきに青山さんに報告した。青山さんは、「いつかきっと遊びに行くよ」と言って、ぼくの決心を励ましてくれた。

三月に入り、北海道に向かう日が来た。新しい旅立ちであることに違いなかったが、五年前、大阪から東京に向かう時の初々しい高揚感は、この時、もはやなかった。

北辺の町に行くのに、身のまわり品は何もない。卒業式にも出なかった。親元の大阪に戻ることもしなかった。体一つ、ぼくは直接札幌に向かった。ぼくを逞しくしてくれた朋鷹寮とも、これでお別れだ。卒業生たちと同じように、一人の先輩として寮に顔を出す日のことは、この時、まだ想像すらできなかった。北海道は、遠い荒野に思えた。

（十七）イーハトーブの急行列車

——必然。競争は、競争であるがゆえに過熱する
それは、抗えない本質だ。だから……

考え事をしたいと思い、札幌への移動は列車にした。

目黒川の老女にも話がある。聞きたいことが残っていた。カールブッセ爺さんや、あの青年が暮らす村のその後だ。かつて、老女は言った。「若者の村にまもなく新しい困難が訪れた」と。老女の絶望した表情がずっと気になっていた。その困難はヘドロに繋がる根源的なものだとも、老女は言った。村のその後を、ぜひ聞きたい。村は、共生の村となり、穏やかな営みを続けていたはずなのだが……。

上野発青森行き急行八甲田に乗り込み、席に着いた。まもなく甲高い汽笛がホームに響

くと、午後七時〇八分、列車はゆっくりと発車した。落ち着いたところで、乗車前に買っていた駅弁と陶器入りのお茶を、窓際の小さなテーブルに広げ、夕餉にした。

「食事はもう済んだのかい？」

夕餉を食べ終え、お茶を口に運んでいると、通路の背後から老女が現れた。

「食事が済んだのなら話そうか。時間はたっぷりある」

さっそくぼくは尋ねた。

「青年の村でいったい何が起こったのですか？　お婆さん」

少し間を置いて、老女は語り出した。要旨はこうだ。

――農業を営む一人の青年が言い出した。自分が作付けし収穫した野菜は、すべて自分のものだ。それを村人の共有物とすることには、反対だと。多く収穫する者と、少ししか収穫できない者との差は、腕の差だ。多少の不可抗力や運不運はあるだろうが、基本的には栽培技術や努力の差だ。努力の差による結果の差、それは公正な差異だ。それが認められないなら、意欲が削がれる……これが彼の主張だった。

するると、堰を切ったように同じ主張をする者があちこちから現れた。多くの者が同じ疑問を抱き続けていたのだった。

　村では幾度も集会がひらかれた。その結果、田や畑はそれぞれが所有することになった。自由に作付けし、収穫したものもそれぞれ自由に販売することになった。家畜も同じようにすることになった。遅れをとった者は、財産を築く者を見て励みとなり、努力を重ねた。財産を築く者も現れた。競い合うようになり、村人は生き生きし始めた。村は、全体として、発展し賑わっていった。

「何も問題はないように思いますが、お婆さん」

　ぼくは言葉を挟んだ。

「自由競争は、人間が内面に持つ活力を、遺憾なく引き出すのだろう」

　老女はそう簡単に解説し、話を続けた。要旨はこうだ。

　——なかなかうまく収穫できない者たちは、成功した者から教えを乞おうとした。同じ村のよしみ。心よく教えてくれるだろうと思った。ところが、成功者から飛び出した言葉は意外なものだった。

「無料というわけにはいかない。私の知恵と努力の成果だからね」

　教えを乞いに来た者たちは失望し、すごすごと引き返していくしかなかった。何も教えてもらえなかったこともさることながら、成功者の心の変化に、初めての寂しさを覚えた。こうして、成功者と、なかなか収穫量を上げられない者たちとの差は、開いていくばかりになった。そのうち、成功者は同じ村の生産者から収穫物を買い上げ、それを町まで運んで売るようになっていた。村人はそのほうが楽だと考え、彼の提案に応じたのだった。運んでやるのだからと言って、成功者は村人から安く買い上げた。同時に市場での価格情報や技術情報を囲い込み、村人には知らせないようにして、利潤を最大化していった。——

「この成功者を責めることはできないと思うのですが?」

ぼくはまた口を挟んだ。

「その判断はむずかしいところだ。ただ、これだけは言える。この時、この村に格差と分断が芽生え始めたということだ」

老女はそう言った。ぼくの心は急(せ)いていた。

「お婆さん、教えてください。格差と分断を生み出す原動力は、いったいなんだと思いますか?」

「それは競争主義だ」

「えっ? 競争は悪だと言うのですか?」

「善し悪しを言っているのではない。競争とはそういうものだと言っているのだ」

　老女は少し苛立ちを見せたが、すぐにまたもとの口調に戻り、ぼくにこう尋ねた。

「ところで、競争主義は何を喰って成長すると思う？」

「競争主義が喰うもの？」

　そんなことは考えたこともない。ぼくが心の中でそう思ったのを老女は察知したようだ。

「エサは差異だ。競争主義は差異を喰って、どんどん大きな差異を作り出す。私にはそういうものに見える」

　老女は続けた。

「競争は、確かに、全体として大きな活力を生み出す。しかし忘れてはいけない。競争は、競争であるがゆえに必ず過熱する。必然だ。そしてそこに落とし穴がある。競争が、その結果に求めるものは差異だ。その差異を駆使して、次の競争に入っていく。その時点で、競争はすでに公平ではなくなっている。強者は、いっそう強者となる」

「ということは、競争主義に格差の是正は望めないということですか？」

「少なくとも、放任された競争主義に、格差の是正は望めない」

「じゃあ結局、村はどうなったのですか？」

　老女の話は続いた。

「自由な競争のもとで、小規模農家からの耕作地の引き剝がしが起こった。彼らが失ったものは農地ばかりではない。やむなく小作人や農業労働者となり、彼らの労働もまた彼ら自身のものではなくなったのだ。耕し、育て、収穫するという農作業の喜びと充足感をも、彼らは失ったのだ」

「なんだか寂しいことになってしまったのですねぇ……」

ぼくは感傷的な相槌を入れた。村のその後の状況を理解し、さらに尋ねた。

「ところで。かつて共同の村をつくったあの若者は、その間、どうしていたのですか？」

「太郎のことか」

老女は言った。

（あの若者の名は太郎と言うのか……）

「太郎は、村が変わっていく様子を、何も言わずに見つめ続けた。このやり方はいずれ破綻すると感じ、そのあとの村のあり方を考え続けていた」

（太郎のことがもっと知りたい）

ぼくはそう思った。

八甲田が停車した。腕時計に目をやった。二三時一〇分を指している。

（もうこんな時刻か……）

視線を窓の外に移した。薄暗いプラットホームに人影はない。傘をさした電球が、駅名を照らしている。福島だ。二分も停車しただろうか？　八甲田は、「ガタン」とひと声上げて、先をめざした。ぼくは、ひと眠りすることにした。

「なんだ、もう眠るのか？　おまえには、まだ話しておくことがあるのだ」

ぼくは限界だった。なんとか我慢して、こう言った。

「お婆さん、ならこうしましょう。ぼくは眠い。睡魔に克つことは死ぬよりむずかしい。これから眠りに落ちるので、夢のほうに来てくれませんか？」

「なるほど。その手があるな。いい提案だ、そうしよう」

老女は、夢に現れた。現れたかと思うと、もう語り出している。やけに急いでいる。何か理由（わけ）でもあるのかと思った。話は、こんな内容だった。

農地を失い、小作人や農業労働者となってしまった村人たちが、疑問を持ち始めたのだ。

「なぜ、こんなことになってしまったのだ」と。

そして、そのうちの一人が、言った。

「太郎に相談してみてはどうか」

村人たちの願いはこうだ。

「悪い奴らから、奪われた農地を取り戻したい」

集まりは紛糾した。

太郎は諭すように、「争議はいけない、争議は」と、そう語気を強めた。

「争議はすべてを無にする。耕作地は荒れ、生活は壊れる。絆がふたたび元に戻ることもない。憎しみが深まるだけだ」と説明した。

村人は、太郎の説得にしぶしぶ頷いた。そして太郎に問うた。

「太郎よ、ならばどうするというのだ！　諦めろと言うのか！」

太郎は村人に問い返した。

「あなた方はさっき、『悪い奴ら』と言ったが、悪い奴らとは誰のことだ？」

太郎は、村人たちに視線をめぐらし、彼らの表情を窺った。

「考えてみるがいい。ここにいる者もみな、私有を望み、彼らと同じようになろうとしたのではなかったか！　その動機においてわれわれもまた彼らと変わりないのだ。ただ結果において違っただけのことなのだ。豊かになった彼らを悪い奴らと決めつけるなら、われわれ自身もまた、断罪されなければならない。彼らだけを断罪するのは卑怯というものだ。

本当の解決には至らない！」

太郎の言葉はさらに核心に迫った。

「これは、誰彼が悪いという個人の問題ではないのだ。仕組みの問題なのだ」

もう、誰も反論できなかった。

老女の話に区切りがつくと、目が覚めた。急行八甲田は盛岡駅に停車していた。時刻は午前三時一五分をまわったところだ。ここも停車時間四分と短い。外の空気にあたりたいと思ったが、そんな時間はなかった。次は青森だ。それまで眠ろう。夢の向こうで、ぼくの彼女が待っている。

「席を外したようだが、用足しにでも行っていたか？」

老女は、からかうように言った。

「なあに、お婆さんにも小休止が必要かと思って、気を利かしたつもりです」

ぼくは、強がりで返した。

「で、太郎は村人に新しい道を示すことができたのですか？」

「太郎は、村人たちにある漁村の話をした。この間、太郎はいろんな村を旅してまわっていたからね。その一つだ」

老女の話によれば、漁村はざっとこんなところだった。

——太郎は、日本海でシロエビ漁という漁業に携わる人たちと出会った。その海は、深い海底谷が岸まで迫り、その地形から天然の生け簀と呼ばれていた。シロエビは、この湾でのみ漁獲されるのだそうだ。水揚げされたばかりのシロエビは、淡い半透明のピンク色に染まっている。とび跳ねるたびキラキラと光り輝き、まるで宝石のようだ。

漁は四月から十一月まで。全体の水揚げ量を調整するため、九隻の漁船が二班に分かれ、一日おきに操業していた。水揚げはすべて一括管理し、各漁船に均等に分配する仕組みをとっていた。太郎の村でもかつて実践していた収穫物の共有化に似ていた。

海は誰のものでもない。魚もまた誰のものでもない。そこで自由を放任すると、われさきの獲り合いになる。彼らは、それを戒め、漁獲競争を避ける途を探した。単純再生産循環システムのもとに資源管理し、持続的に利用しようという取り組みだ。彼らはこう言っていたそうだ。

「われわれは、シロエビの拡大再生産をめざしてはいない。この海の生産力に見合った定常的な再生産循環を見極めて、この漁を続けたいのだ」と。

そこに見えるものは、競争ではなく、「共有」の思想だ。漁業者同士の無謀な競争を廃することを決意したのだ。資源の持続性を自らの手で守り、創り出しているのだ。それは、もやい漁の実践だ。奪い合ってはだめなのだ。ここに野放図な競争主義の入り込む余地はない。――

「これが太郎の話だった。私が知っているのはそこまでだ。カールブッセ爺さんと太郎が暮らした村が、その後どうなったか、私は知らない」

ぼくは、追い打ちをかけるように尋ねた。

「お婆さん、太郎の村はどこにありますか？」

老女は、ただにっこり微笑んで、朝靄（あさもや）の中に消えていった。

気が付くと、急行八甲田は青森駅に入っていた。乗客たちはすでに、長い通路を渡って、函館に向かう連絡船に乗り込んでいる。出港を待つばかりにしている。北辺の海は、津軽海峡を渡れば、もう、すぐそこだ。

寒い。北の地の三月は強烈に寒い。初めての体感だ。当地には、「凍（しば）れる」という言葉がある。言葉の響きがそのまま肌を突く。肌を突き破って、骨に刺さる。

しかし考えてみれば、先月にも二度にわたってこの地に立っているのだ。それにもかかわらず、寒さの感じ方が違う。いっそう凍てつく。旅心地に感じる寒さと、これからここで生活が始まるのだという、覚悟のこもった気持ちでは、感じる寒さも違うのかもしれない。

この地でふたたび一人ぼっちからの生活が始まる。見知らぬ土地に誰も知る者がいないのは、五年前の東京の時と同じだ。「ここには自分の意思で来たのだ」と、気丈に自らに言い聞かせるしかない。

しかし、五年前の自分と比べるなら、ぼくは遥かに逞しくなっている。このことは、はっきりと自覚できた。朋鷹寮での生活がぼくを鍛えてくれたのだ。

新しい生活は、勤務先があてがってくれた独身寮の三・七五畳ひと間の部屋で始まった。山のあなたに、何が見えるのだろうか。

（十八）絶望する海

――「質の悪い欲望」が
どこまでも問題を大きくしていくのだ

Ｈ漁協の最終面接試験に臨んだ時のことだった。面接の順番を待つ間、隣り合わせに座っていた学生が、ぼくに話しかけてきた。北川と名乗った。彼の第一志望は地元のＤ新聞社で、Ｈ漁協は第二志望だという。ぼくも少し、身の上話で応じた。自分は北海道出身者ではないことを話すと、「それは珍しい」と、彼はやや驚いた様子だった。

北川君は利発そうだ。その語り口と物腰から察せられた。きっとＤ新聞に行くだろうと直感が働いた。話の流れで、ぼくはこう語りかけた。

「もし、ぼくがＨ漁協に合格し、君がＤ新聞に行ったら、そのあとも友人として付き合わないか」

それは下心からだった。北海道で仕事をしていくのにかっこうの人脈、情報源になるのではないか。面接試験の順番を待ちながら、ぼくはそんなことを考えていた。

（逞しくなったものだ）

そんな自分に少々あきれながら、なんとなく寂しい気持ちになった。計算高い大人になっていく寂しさだろうか。

「いいよ」

彼の反応だった。

連絡先の交換などはしなかった。彼の本気度は、まだ計りかねた。

読みは的中した。のちの情報で分かったことだが、北川君は一番の成績でH漁協に合格していた。しかしH漁協には来なかった。D新聞社に決めたのだろう。ぼくにとっても、目論見通りだ。彼に連絡をとるのは、しばらく時間をおくことにした。

東京では、言葉の面でも、食など生活習慣の面でも、それほど大きな違和感もなく生活できた。「あなた」という、上品でくすぐったい言葉を除いては。しかしここ北海道では、少々勝手が違った。出勤すると朝の挨拶を交わすのだが、「おはようございました！」と、過去形の挨拶が飛んでくる。「よし、今日一日これからがんばるぞ！」と引き締めた気持ちが、たちまちずっこけるのだ。いきなり一日が終わったようで、奇妙な感じがした。言葉に慣れるまで、しばらくの時を要した。

地名にも苦戦した。アイヌ語に由来するものが多く、漢字表記はほとんどが当て字になっている。かたっぱしから丸覚えするしかない。北海道には漁業協同組合が百八十三あり、まずこの名前をすべて読めるようになることから、ぼくの仕事は始まった。

仕事の一つに、定例理事会の議事録をおこす仕事があった。世界は、新しい海洋秩序づくりで激しい論戦のさなかにある。国益をかけた闘いは、日本の総漁獲量の四分の一を占める北海道でも、当然のごとく、議論の中心となっていた。

北太平洋海域は、スケトウダラ、カニ、サケ・マスなどの漁業資源を豊かに育んでいる。一大漁場を形成する豊穣の海だ。そこで、ソ連、米国、カナダそして日本が漁獲を競い合っている。マスコミ各社も、国連海洋法会議のゆくえを連日つぶさに伝えていた。地元紙のD新聞も例外ではない。理事会でのやりとりを速記しながら、ぼくは平川先生のことを思い出していた。先生の仕事場に一歩近づいたように思った。

そんな中、ソ連から日本に対する抗議が届いているというニュースが流れた。日本の漁船団が海に投棄した死魚の大群が、カムチャッカ半島の海岸に打ち上げられているというのだ。どういうことだ。

スケトウダラを漁獲する日本の漁業船団は、ベーリング海で獲ったスケトウダラを満載して日本に向かう途中、型のよい魚群に遭遇すると網を入れ、それまでに獲ったものを海に投棄しているというのだ。タラ類は鮮度劣化が早い。帰りに出会う新しい魚群と入れ換えることもやっているという。そのようにして投棄された死魚の大群が、カムチャッカ半島の岸々に打ち上げられているという抗議だった。

水産加工業界からは、こんな実態も耳に入ってくる。スケトウダラの卵は、たらこの原料だ。スケトウダラ漁船の中には、船上加工で魚体から魚卵を外し、高価な魚卵だけで船倉を満たそうとする船があるというのだ。卵を外した魚体は、すべて海洋に投棄するらしい。魚体は蒲鉾原料のすり身になるものだ。それをむげに海洋投棄しているというのだ。言葉もない。

海洋投棄には問題がある。資源の有効利用や、職業倫理に反することはもちろんであるが、加えて、投棄される魚は漁獲統計に計上されることがない。漁獲統計は資源管理の基礎だ。魚の海洋投棄は、実情を隠蔽し未来への判断を誤らせるという意味で、罪深い行為なのだ。

ソ連との間には、日ソ漁業協定が締結されている。両国近海の漁業資源を持続可能なものにしようとする取り組みの一つに、漁獲割り当ての合意がある。主要な魚種ごとに海域、漁期、漁獲の方法、数量、漁獲する魚体の規制基準などが定められる。H漁協に入って一年目の仕事に、この数値管理があった。

報告されてくる漁獲数値を記録し、累積数量がとり決め数量に達したら、漁獲努力（漁獲行為のことをこう言う）の終了を意味する。この年の日本のツブ貝漁獲可能数量は二〇〇〇トンと取り決めされていた。ぼくは、ほかの魚種とともに、毎日の漁獲数量を管理表に記入していた。ある日、ツブ貝の累積漁獲数量が二〇〇〇トンに達したので、課長にそのことを報告した。

「それじゃ、ツブ貝の記入はそこで終了してくれ」

課長が言った。

ところが翌日も、そのまた翌日も漁獲数量の報告が入ってくるのだ。どうなっているのだ？

「課長。ツブ貝の漁獲努力はまだ終了になっていないようですが。どうすればいいのですか？」

ぼくは尋ねた。

「いいんだ。そのまま放っておけばいい。記入はいらない」

それが課長の指示だった。漁業の実態を容易に想像できた。ひどい話だと思った。


根室半島の漁港には、毎年たくさんの花咲（はなさき）ガニが揚がる。この年も豊漁だった。そこに一つの情報が飛び込んできた。

「決められた漁期を過ぎてもどんどん水揚げされている」

花咲ガニにも、もちろん漁獲制限は設けられていた。ぼくは、H漁協の地元支所に勤務している同期の者に電話を入れた。

「市場外流通だ。漁協（産地卸売市場）を通らずに水揚げされたカニが、町に出まわっているんだ。町は、カニであふれかえっているよ」

「漁獲量制限があるはずだけど」

ぼくは、むなしい思いで聞いてみた。

「ふん」

電話の向こうで鼻が笑った。

「そんなもの、守られるわけがない。漁獲可能数量の二倍や三倍じゃ収まらないだろう。

おそらく十倍、二十倍だ」

電話の向こうからの言葉だった。

（なんということだろう……）

この、受け止めようもない現実を、ただ傍観するしかないのか。なす術は、何もないのか。ぼくはむなしく苛立った。

北辺の海が絶望の海だと知るのに、一年の時も必要としなかった。

漁業への失望が募る中、ぼくは、語り合える同志を求め始めていた。職場で批判的な話をするには、まだ様子がよく分からなかった。今しばらく観察する時間が必要だった。自ずと、ある顔が思い浮かぶようになった。

D新聞に行った北川君は、今、どこで、どんなテーマを追いかけているのだろう。

秋のサケ漁が盛んになる頃、職場では毎年、何人かの若手職員が各産地に派遣される。研修をかねた業務応援だ。ぼくはこの年、羅臼（らうす）という町の漁協に派遣されることになった。八月のお盆明けから十一月中旬までの約三ヵ月の予定だ。羅臼は、知床半島東海岸の中ほどにある漁業の町だ。この海域には知床半島に沿って三十八カ統のサケ定置網が設置されている。定置網は河口に設置され、河に戻ってくるサケを河口で待ち受け、漁獲する漁法だ。このあたりのサケは、八月下旬から母なる河に戻り始める。

自分の生まれた河をめざして戻ってくるサケを、「垣網（かきあみ）」という仕掛けで「囲い網」に誘導する。「囲い網」に入ったサケは「登り網」という仕掛けを通過して「身網（みあみ）」という袋状になった網に封じ込められる。もう逃げることはむずかしい。

この身網からサケを引き揚げる作業を「網おこし」という。網おこし作業で船側まで引き寄せられたサケは、こんどは大きな「タモ網」ですくい上げられ、運搬船の船倉に納められる。豊饒のサケが銀鱗に舞い、跳ねる。海の男たちの網を引く声が上がる。漁場に壮観な景色が展開する。

運搬船は、喫水線を大きく潜らせ、時に船影を波間に沈ませながら、水揚げする港に向かう。水揚げされたサケは、産地卸売市場（漁協）でセリにかけられ、新しい荷主のもとに渡ってゆく。

まだ水揚げ量の少ない漁期初期には、サケは、市場の床に一尾一尾丁寧に並べられる。雌雄別、サイズ別に整然と並んで、セリを待つ。しかし漁が最盛期を迎えると、並べている暇などない。どさっとばかりに、床にぶちまかれたサケの大群を、脇に組まれた数メートル四方の二つの木枠に、ただ雄雌だけを瞬時に選別して投げ入れてゆく。木枠は市場の床一面を覆い尽くすほどの数になる。足の踏み場もない。サケは、木枠単位で勇壮にセリ落とされていく。

　サケの雌雄を瞬時に見分ける目を、ぼくたちは漁が最盛期を迎える前に習得しなければならなかった。顔つきと、尾びれと、脂（あぶら）びれの三点で瞬時に雌雄を見分ける。あくまで比較論ではあるが、雄サケの顔つきは厳（いか）つい。鉤鼻（かぎばな）の度合いが大きい。雌サケの顔つきは丸身を帯びて優しい。鼻曲がりの具合も雄より少ない。尾びれの形状は雌雄ともに中央で内側にくぼんでいるが、雄は鋭角にくぼみ、雌は円形にくぼみをつくっている。脂びれを見ると、雌のそれは体長に比べて小ぶりである。この三点で見極めるのだが、どうしても見分けのつかない時がある。躊躇はゆるされない。その時は、最後の手段に出る。肛門から小指を突っ込んで卵があるかどうかを確認するのだ。

　雌雄を間違えると、翌日必ず、雌をセリ落とした買い主からクレームの弾が飛んでくる。が、雄をセリ落とした買い主からのクレームは、一切来ない。現金なものだ。

　セリは、漁獲最盛期になると、一日に数回おこなわれた。定置網の網おこしが午前二時過ぎから始まり、運搬船で次々と市場に運ばれてくる。一回目のセリが早朝四時に始まり、最終セリが午後四時に終わる。

　活気を帯びるセリ場には、よからぬ輩も現れる。ある日、セリに合わせるかのように黒塗り3ナンバーの乗用車三台が連なってやってきた。いかにもそれと分かる服装をした男たち数名が車から降り、ぞろぞろとセリ場に近づいてきた。セリにかかる前のサケをしばらく覗き見て、そそくさと引き揚げていった。しかし、これはほんの前触れにすぎなかった。

漁協では一つの情報をつかんでいた。正規の網おこしとは別に、夜半に不正な網おこしがおこなわれ、漁港から外れたところでひそかに水揚げされているというのだ。おそらくこれが、よからぬ輩を通じて市場外流通していくのだ。サケが暴力団の資金源になっている可能性は以前から言われていた。

漁協は地元の警察などに協力して、その実態を遠めに見張ることになった。ぼくも加わった。闇夜の中、双眼鏡で見張った。しかしその夜、当局が摘発したのは、小規模で個人的な違反水揚げだけだった。翌朝のセリ場には、数本のサケと混獲されたカレイ数枚が並んだだけだった。敵も心得たものである。

生まれた河に戻ろうとするサケを、上流に上げて産卵をさせるため、漁期間中二、三度、それぞれ数日間の休漁が取り決めされていた。休漁中は定置網の一部を解いて、サケが河を遡上しやすくする。この作業を漁師たちは、「網を切る」と言った。

しかし定置網漁業者の中には、休漁期間中にも網を切らない者がいた。そういう噂がまことしやかに言われていた。もちろん休漁期間中に正規の水揚げはできない。セリもおこなわれない。切らない網には、サケが溜まりに溜まることになる。そのサケはいったいどこに行くのだろうか。黒塗り3ナンバーの車の列が思い浮かぶ……。

一回のセリが終わり、魚の行き先が決まって、次のセリが来るまでの間、ぼくたちは市場の片隅にある詰所で次の水揚げを待つことになる。

手持ちぶさたにしていると、時折、漁師さんからの差し入れがある。八月下旬にはここ羅臼ではもうストーブが焚かれている。ツブ貝などをいただくと、このストーブにのせて焼き、そこに醤油を垂らして食べるのが絶品だ。浜の贅だ。「これは漁獲制限内のツブ貝だろうか……」などと、どうにもならないことを考えながら、舌鼓を打つ。

詰所で寛いでいると、埠頭で何やら騒ぐ声が聞こえてくる。何事かと思って覗きに行くと、りっぱなウミガメがあがっていた。網にかかったという。どうするのかと思って様子を見守っていると、一升瓶を抱えた若者が漁協の事務所から小走りにやって来た。日本酒を呑ませて、海に戻すのだそうだ。ウミガメが網にかかることは慶事だそうだ。酒を呑ませて海に返し豊漁を願うのだと、一人の漁師さんが教えてくれた。全国各地で見られる風景のようだ。

小さな盃に少量の日本酒を注いで、それをウミガメの口に湿らす程度に呑ますのかと思っていた。ところがなんと、若者は一升瓶を直接ウミガメの口に押し込み、浴びるように呑ませた。酒をがぶ飲みさせられるウミガメは、たまったものではないだろう。さぞ、目のまわる思いがしたに違いない。まともに泳げるのだろうか、溺れるのではないかと、少々心配になった。


詰所は交流の場であり、情報交換の場でもある。地元の出来事や噂話が、いろいろと耳に入ってくる。市場の詰所によく顔を出しては、差し入れしてくれたり、話し相手になってくれたりする、尼子さんと言う漁師がいる。五十歳前後の働き盛りの漁師さんだ。この羅臼でおもにカレイ漁を営んでいるとのことだ。「イクラの醤油漬けをたくさん作った。ご馳走するので、家に遊びに来ないか」と、誘いを受けた。ぼくは遠慮することなく、お邪魔することにした。

サケの揚がる季節、北海道の家庭では、筋子(すじこ)の塩漬けやイクラの醤油漬けをつくる。それぞれ家庭の味があるようだ。筋子はサケの未成熟卵を取り出し、膜のついたまま塩漬けにする。濃い朱色または深い赤色をし、見た目も食味も重厚で荒々しい印象だ。未成熟卵で少しべたついているが、温かいごはんに載せて食べるとうまい。

イクラは、サケの腹から成熟した卵を取り出し、一粒ずつをばらばらにほぐして醤油漬けにする。透明感のある朱色をしていて、舌触りや味にも上品さがある。醤油漬けの際に日本酒やみりんを加えるからかもしれない。

故郷の大阪では筋子を見ることはほとんどないが、正月には土産に持って帰ってみよう。もう三年も帰っていない。尼子家の家庭料理をいただきながら、ふと両親を思い出した。

声がかかっていたのか、三々五々漁師仲間が集まってきた。お酒も振る舞っていただき、いつの間にか、すっかり賑やかになっていた。

こちらの人は、男も女も酒が強い。ほとんど酔いつぶれる姿を見ることがない。それでもお酒が入ると舌の滑らかになるのは、いずれの地方も変わらないようだ。おなかも満たされて、酒もほどよくまわって、ぼくから話を切り出した。

「美味しいサケの見分け方ってありますか？」

一人の漁師が教えてくれた。

「サケは、河に少し上りかけたものが一番うまい。俺たちはそれさ食べる」

そう聞いて疑問が生じた。定置網は、河口に網を仕掛けてサケが河に上る直前に獲る。川に上ってから獲るほうがコストも少なくて済むし、作業も安全だ。なぜそうしないのかと聞いてみた。

「河に上ると、サケの皮膚がブナの木の樹皮のように醜くなるからだ。したっけ商品価値が落ちる。でもな、ほんとは少しブナがかったサケがうまいんだ」

別の漁師が割って入った。

「肌がまだ銀色にかがやくうちに獲るべし、河口に網を仕掛けるんだ。見映えが大事ってことだべ」

本当にうまいサケというものを、都会の消費者は知らないのかもしれない。

「これ、喰ってみろ」

尼子さんが一枚の皿をぼくの前に置いた。

「サンマの刺身だ。喰ったこと、あるか?」

サンマは鮮度の落ちるのが早い魚だ。都会で食べることは、まずない。ぼくはさっそく口にした。確かにうまい。これが初めてのサンマの刺身だった。

別の漁港でサンマのセリを見たことがあった。水揚げされてトラックいっぱいに積み込まれたサンマは、トラックごとセリにかけられていた。セリ落とされたサンマは、新しい荷主のもとへそのまま運ばれていく。スピードを上げたトラックの荷台から、セリ落とされたばかりのサンマが、パラパラと町の公道にこぼれ落ちる。それを拾って家に持ち帰る人もある。まだ充分に新鮮だ。産地ではそんな光景も見られた。

「尼子さんは、どのあたりの海域まで漁に出かけるのですか？」

ぼくの質問には、含みがあった。羅臼は、国境の町だ。眼前の国後島（くなしりとう）との間には見えない国境線が横たわる。羅臼から国後島対岸までは二九キロメートルだそうだ。十数キロメートルも行けば国境線に至る。

「国境線ぎりぎりまで行くこともある」

尼子さんは、最初そう言った。しかし話がはずむにともない、その内容は少しずつ違ってきた。どうも国境線を越えることがあるらしい。

「やむなく国境線を越えてしまうこともあるのでしょうねぇ」

ぼくは、探りを入れるように、ぼそっと、言った。ひと呼吸の間が空いて、尼子さんの言葉が返ってきた。

「まあなぁ……」

国境海域には、ソ連の監視船が巡回している。オホーツク海を中心とする北海道近海域では、漁船の拿捕事件が頻繁に起こっていた。

「国後島に上がってきたという者もいるよ」

ぽつんと、尼子さんは言葉を漏らした。

「よく捕まりませんでしたねぇ」

相槌を入れると、尼子さんはこう言った。

「なあに、対策もある」

そして尼子さんは、監視船対策について話し出した。

「俺たちは、手土産を準備して漁に出るんだ。それと引き換えにソ連海域での漁を見逃してもらうんだ。手土産には、おおまかに言って、二種類ある。監視船の任務の一つに情報収集というのがあるらしいんだ。それに見合うものを持っていくんだ。これが一つだ」

「たとえば、どんなものですか？」

ぼくは、尋ねた。

「なあに、たいしたものじゃない。日本の新聞、雑誌などだ。彼らも地元政府に報告できるものが、何か要るらしいんだ」

そう言えばこの頃、道内のある自衛隊駐屯部隊の組織図がソ連側に流失したという事件がニュースになっていた。その話を向けると、尼子さんはこう言った。

「時にはヤバイ情報を求められることもあるようだ。どんな見返りなんだかな……」

その言葉に、組織だった取引を想像させた。

「もう一種類の手土産はなんですか？」

「生活用品だ」

「どんなものを持っていくのですか？」

「最近は、安手の腕時計や衣類が多い。そうそう、なかでも人気なのがシームレスのストッキングだ。ソ連にはないらしいんだ」


この話を聞いて、ぼくは留萌に勤務した時の小さな出来事を思い出していた。ある日、留萌港にソ連の貨物船が入った。定期的に材木を運んでくる船だった。職場のある先輩が「ソ連船に遊びに行こう」と言い出した。ぼくも含めて若い職員四名で行くことになった。その時、先輩職員がぼくたちに指示したのが、何か手土産を準備することだった。新聞、雑誌、タオル、手ぬぐい、日持ちのする菓子、余っているカレンダーなど、手当たり次第にかき集めて、持参した。

ロシア人に相対するのは、これが初めての経験だった。北方領土問題を背景に、お互いに違反操業や拿捕事件があって、ロシア人に対するよい感情はない。北海道にはロシア人を蔑視した呼び方がある。おそらく先方にも、同じような蔑称があるのだろう。手土産のほかにぼくは、「こんにちは」「ありがとう」「さようなら」の三語のロシア語を俄に記憶して、貨物船が停泊する埠頭に向かった。

ロシア船員に手土産を渡すと、愛想よくぼくたちを船内に迎え入れてくれた。船内をひととおり案内してくれたあと、応接室でロシアのティーが振る舞われた。ぼくは、中国の貨物船東風のことを思い出したが、緊張感はまったく違ったものだった。

「ロシアのゲームを教えてやる」と言って、大きくマス目の入った板と、これまたやけにデカい駒らしきものが出された。しかし、ロシア語の説明がいっこうに理解できず、早々に辞退した。それでも、交流にはなっただろう。

ぼくたちは職場の営業車に乗ってきていた。船を降りてその帰り際、ロシア人船員の一人が、英語で話しかけてきた。

「車を少し、運転させてもらえないか?」

日本の車を運転してみたいのだという。シームレス・ストッキングと同じように、日本車へのあこがれがあるようだった。それを先輩に伝えた。

「それはだめだ」

先輩はきっぱりと言った。

「一〇メートルだけでいいので……」

ロシア人船員は、繰り返し請うた。

先輩とぼくは、しばらく相談した。

「一〇メートルならいいか」と、先輩の心は揺れた。

ぼくは、どうせそこらをぐるぐる回るに違いないだろうと思い、反対した。万が一にも運転を誤って海にでも落ちたら、たいへんなことになる、そう思ったのだ。しかし、先輩は運転を了解した。ぼくは危険を感じながら、しぶしぶ伝えた。

「一〇メートルだけですよ、いいですね！」

そう念を押した。

二人のロシア人船員は、勇んで車に乗り込んだ。うれしそうだ。エンジンがかかった。車はゆっくりと動き出した……。

すると、車はすぐに停止した。どうしたことかと近寄り、二人の様子を覗いた。にこにこ微笑んでいる。二人は、「アリガト、アリガト」と、片言の日本語で何度も礼を言いながら、車から降りてきた。彼らは、本当に一〇メートルだけ運転したのだ。ぼくの表情は青ざめていたに違いない。この時、ロシア人に対するぼくの印象は一変した。留萌でのそんな出来事を思い出していた。

ぼくは、そのことを尼子さんたちに話した。

「顔を合わせて話してみれば、ロシア人も日本人もなんも変わんね。海の上で会う彼らと接していると、俺たちと同じだあ。君の留萌の話は、よーぐ分かる」

一人の漁師がそう言った。

すると尼子さんが、加わってきた。

「日ソ間には、領土問題や漁業問題があるが、現場で顔を合わせる当人同士というものは、モスクワや東京で考えている人たちとは、ちょっと感覚が違う。そう感じるよ。ここで漁業をやっていると、政府と国民は違う、そう感じることがよくある。たぶん、ソ連でもそうじゃないのかなあ……」

尼子さんは、しみじみした表情でそう言った。言い終えると、尼子さんは湯呑茶碗半分ほどに残っていた酒を一気に呑み干した。ぼくがまた半分ほどまで、新しく注ぎながら、尋ねた。

「北方領土。早く戻ってくるといいですねぇ」

茶碗酒を口に運びながら尼子さんは、ぼそっと呟いた。

「違うよ、周防君。それは違う」

「えっ。どういうことですか？」

意外な返事に、ぼくは少し面食らう思いがした。

「俺たちの本音は、北方領土は戻ってこなくていい、このままでいい、そう思っているんだよ。公には口にできないけどね」

（いったいどういうことだ？　北方領土の返還はいらないというのか……）

尼子さんがふたたび口をひらいた。

「日本人が長く生活してきた土地だ。墓もある。北方領土は故郷だ。その返還は、もちろん、願っているさ。しかし、今北方領土が戻ってくると、大きな船がこの海域にどっと入り込んでくるだろう」

ひと息ついて、尼子さんは続けた。

「今、二〇〇カイリの漁業専管水域が設定されようとしている。日本の遠洋漁業は外国の漁業専管水域からどんどん締め出しを喰らう。その大型漁船はいったいどこに向かうというんだ？　もし北方四島が戻ってくれば、この豊かな海域は、大型漁船の草刈り場になるだろう。そのことを、俺たち沿岸漁業者は恐れている」

この話を、ぼくは即座に納得できた。カムチャッカ半島海域やベーリング海で操業する日本の大型漁船団が繰り広げている略奪漁業ぶりを、ぼくはすでに知っている。尼子さんたちの懸念は素直に理解できた。

「周防君。略奪漁業からこのオホーツクや知床の海の豊かな漁業資源を守っているものは、いったいなんだと思う？　それは、ソ連による北方領土の実効支配と、冬の流氷だよ。ははは っ」

尼子さんは、むなしく笑った。流氷は、それが北海道沿岸に押し寄せる冬の一時期、いっさいの漁船を漁場に寄せ付けない。魚たちは、流氷の下でゆっくり命を育むことができるのだ。

羅臼のサケ定置網漁は、十月下旬に入って、セリの回数も減り始めていた。ことしもサケ漁は峠を越した。緊張が少し解けたせいか、体は疲れを感じ始めていた。羅臼の町外れに温泉場がある。

「明日は非番だ。温泉につかりにでも行くか」

翌日、目が覚めたのは十一時だった。朝昼兼用の食事をとって、午後、温泉に向かった。羅臼には、ひかりごけの見られる洞窟があると聞いていたので、せっかくと思い、立ち寄った。ひかりごけが、洞窟の奥で不規則に緑白（あおじろ）く光るのを確認できた。まもなく洞窟を後にしたが、あやしく瞬く光が不意を突くように、何かを予感させた。それは、死者の魂が呼吸するかのような感覚だった。

ぼくはゆっくり温泉に浸かった。思う存分に疲れを癒した。やがて帰路についたその足いた。

で、理由もなかったけれど、漁協事務所に顔を出してみた。すると自分宛の手紙が届いていた。

（何事だろう……）

安池さんからだ。懐かしい。元気だろうか？　もう何年会っていないのだろう？　そんなことを考えながら、その場で封を切った。便箋が一枚、出てきた。

「青山さんが亡くなった。葬儀は十月●日に行われた……」と、ただそれだけが記されていた。

強い劣等感と闘い続けていた朋友の死は、静かな衝撃となって、ぼくの体の中に入ってきた。訃報は思いがけないものに違いなかったが、うっすらとした予感もあった。

青山さんの死因については、手紙にはなかった。こんなことはけっして誰にも言えないけれど、ぼくの心の中では、即座に「自死」が浮かんだ。そうでないことを祈るが、そうであることが青山さんには自然だったかもしれない。そんな不謹慎な思いを抱いた。これが、この時の正直な受け止めだった。

もしそうであるなら、北品川で最後の酒を酌み交わしたあの時、克服したかに見えた青山さんの葛藤は、克服できないまま、ずっと継続していたということになる。

青山さんは、実践者に成り切れない自分を嘆きながらも、傍観者としての生き方を見つけたかに思われた。しかし結局、その立場に甘んじることを自分自身許せなかったのだろうか。生きるということは、時代の不条理を引き受けることでもある。不条理に抗うこともできず、不条理を引き受けることもできず、残された道は、ただ一つだったということだろうか。青山さんは、自らの存在に苦しみ続けたのだ。

青山さんは最後に、神にすがった。神にすがりながら死を選ばなければならなかった。なんと切ない文脈だろう。だから、だから言ったのだ。神など当てにするなと……。

そう思うと、いきなりぼくの心に怒りが込み上げてきた。青山さんは北海道に遊びに来ると言ったじゃないか。これはなんだ！　こんな姿で来るなんて。約束が違うじゃないか！

ぼくは、この時初めて、青山さんを叱りつけた。

手紙を握りしめながら、下宿に戻った。夕食は喉を通らなかった。三合瓶に酒を七分目に入れ、寒さに備えてたっぷり着込み、ぼくは、国後島を臨むことのできる海岸に向かった。

十一月の迫る北辺の日没は早い。空にはもう星が瞬き始めている。まだ浅い夕闇に、国後島の低い稜線の棚引いているのが、かろうじて見えている。その上に星々が瞬く。ぼくは青山さんと、もう一度最後の酒を酌み交わした。ぼくは瞼を閉じ、コクンと一つ頷き、遠い空の向こうに歩いてゆく青山さんの姿を見送った。

国後島に対峙しながら思った。青年の自死には、何かもっと積極的な意味合いもあるのではないのかと。社会からの逃避でも逸脱でもなく、「自己の純粋を保存するための最終手段」なのではないのか。あるいはまた、この世を生きた者の「崇高な絶望」なのではないのかと。ぼくには青山さんの死が、そんなふうにも思われた。青山さんの死因を問う必要など、もうどこにもない。

「周防君は来年も来るのか？」

立ち話に、尼子さんがぼくに尋ねた。

「分かりません。でも、来年もまた来たいですね」

それは、本心とはまったく違っていた。ぼくはすでに、次の道を考え始めていた。曖昧に答えながら、羅臼の漁師たちとの別れの日を待った。

すでに十一月に入り、サケ漁ももうすぐ終わる。尼子さんとの立ち話の日から数日が経って、ぼくは羅臼を離れた。

札幌に向かう列車の中で考え事をしていると、目黒川の老女に会いたくなった。まだ話が残っている。三ヵ月に及んだ出張の疲れに、うとうとし始めると……、

「若者よ、どうだった？　北辺の漁業の町に何が見えた？」

老女だ。ぼくは、語気を強めて言った。

「ここには幸せなどなかった。あなたは嘘つきだ！」

老女は、うっすらと笑みを浮かべて言葉を返した。

「私は嘘などついていない。第一、ここへ来たのは君自身の決断だ。忘れてもらっては困る」

確かにそうだった。

「君の幸せの本当の在り処に、もうそろそろ気づいてもいいと思うのだが、君にはまだ分からないのか。分からないのなら、さらに遠く、山の向こうに行ってみることだ」

どこかで聞いた言葉だった。ぼくは苛立った。もっと向こうだというのか！　もう、老女とは口を利きたくもない。しかしそうはいかない理由(わけ)がある。ヘドロを生み出す根源的なものについて、まだ老女から聞いていないのだから。

ぼくは、しばらく一人で考えた。

羅臼に幸せは本当になかったのだろうか……。ぼくは老女に向かって、「幸せなどなかった。あなたは嘘つきだ」と言い放った。ではなぜ、尼子さんを始め、多くの漁師たちとその家族は、彼の地で懸命に生きているのだ。「羅臼に幸せなどなかった」と言い切ったぼくの認識は、そんな彼らに対する限りない侮辱であったのではないか。そうか。ぼくはただ、誰かが作り上げた幸せを探し求めているにすぎないのかもしれない。

カールブッセ爺さんや目黒川の老女の言葉の意味が、少しずつ、見えてきた。

「どうだ。少しは、機嫌は直ったか」

ふたたび、老女が現れた。ぼくは無視した。

「ま、聞きなさい。これから『質の悪い欲望』について話そう。それが君の知りたいことだ」

質の悪い欲望……。なんのことだ？　老女は語り始めた。

「君が見たヘドロは、このこのち半世紀の時を経てデブリに変遷する。その本質に変わりはない。本質において変わりはないが、デブリのほうが遥かに性質（たち）を悪くする。ま、いずれにしても、人間の活動が生み出す矛盾物であることに変わりはない」

老女は、「ところで……」と言うと、唐突な質問を投げかけた。

「自分たちがうまくいっているのは、誰かがうまくいっていないからだと思うことはないか？　逆に、自分たちがうまくいっていないのは、誰かがうまくいっているからだと気づくことはないか？」

「そんなことは考えたこともない」

ぶっきらぼうに、ぼくは答えた。

「もうそろそろ機嫌を直さないか」

ムッとしているぼくの感情が、まだ表情に出ているらしかった。

「人間の活動は同時に二つのものを生み出している。便益と負荷だ。ヘドロは負荷の表象の一つだ。このことは、すでに話した。問題は、便益を享受する者と、負荷を背負う者とが異なり、しかも同時に存在するということだ。君たちは、すでにそのことにも気づいている。気づいていながら、その不都合な事実を直視するのを恐れ、『知りたくない』と欲望するのだ。この『質の悪い欲望』こそ、矛盾を放置し、その上にまた別の矛盾を塗り重ねていくことになる」

そうか。便益を享受する者が負荷を背負うことから逃げ続ける限り、矛盾物は継続して排出され、堆積し続ける。そういうことか。それが、目黒川の悲劇であり、田子の浦の絶望なのだ。

しかし一つ疑問がある。それでは、自分はいったい、どちらだ？　便益を享受する側にいるのか？　それとも、負荷を背負う側にいるのか？　答えは、すぐに分かった。

「両方だ！」

時に便益を享受する立場にあり、時に負荷を背負う立場にあるのだ。ここに、問題の複雑性と解決の困難性が存在するのだ。

「そうだ。その通りだ」

老女が、語気を強めて同意した。

「享受する便益を失いたくないから、それが生み出す矛盾物から目を背けようとするのだ。人間は、不都合に対して、『不知』を欲望する。この『質の悪い欲望』がどこまでも問題を大きくしていくのだ」

老女は、捲し立てた。

老女の言葉が終わろうとした時、ぼくはふと気づいた。これは、北品川の三笠で青山さんが教えてくれたコヘレトの言葉の、現代に意味するところではないのか。

〈地上に起こる空なることがある。悪しき者にふさわしい報いを正しき者が受け正しき者

にふさわしい報いを悪しき者が受ける。私はこれを空であると言おう〉
　コヘレトは、人間のおこなう不条理を二千年も前にすでに見抜いていたのだ。しかし、視点を変えてみれば、人間は、二千年前から哲学的倫理的にはほとんど進歩していないということにもなる。科学技術の進歩の大きさとのギャップは、埋めがたいものがある。いや、科学技術の進歩が大きくなればなるほど、コヘレトの言う空（すなわち不条理）の実像は、いよいよ大きく悲惨なものになりはしないか。そんな未来への懸念が膨らむ。

　ぼくたちが便益を享受できるのは、便益が同時に生み出す不都合を、どこかの誰かに背負わせているからなのだ。この構造が、ぼくたちを分断している。そして、ぼくたちは分断されながら、同時に、自ら分断に加担しているのだ。そこには、二元論では説明できない複雑な構造が仕組まれている。
　ぼくが見つめてきたヘドロは、この構造の中から生み出されるものだ。ヘドロは、構造の持つ矛盾そのものを表象しているのだ。ぼくは、そこまで気づくことができるようになった。

　老女に尋ねた。この「質の悪い欲望」を克服するには、どうすればいいのか？　ヘドロすなわち矛盾を生み出し続ける構造を変えるには、何をすればいいのか？

老女は答えた。

「それは、私の仕事ではない。君たちが自ら考え、君たちで決意しなければならないことだ」

ぼくが天を仰ぐと、彼女は、消えていった。


汚染と略奪にまみれた絶望する海を、ぼくは知った。そして、そこから始まるのだと、老女は言った。

ぼくに必要なのは、新しい闘いのための力だ。大学一年の時、丸種さんの部屋で出会った朱色の大著が、既視現象のように眼前に浮かび上がった。学ぶ時が来たのだ。丸種さんとの約束を果たす時が来たのだ。この時、ぼくはそう感じた。ハーレーに跨るBronsonが追い打ちをかける。

「じゃあ、そうしたら。そう思うなら、君は、そうすべきだ」

優しい表情をした言葉で、Bronsonがぼくを使嗾する。


いったんH漁協を辞して、ふたたびこの海に戻ってくるのだ。ぼくは、そう決意した。

学び舎は、西方の地にあるという。ふくろうの棲む森にあるそうだ。町の名を、杉本町と言うらしい。ぼくは、そこをめざす決意をした。一九八〇年一月。

（十九）手紙

——狂ってしまった時計が　性懲りもなく
狂った時を　刻み続けている

ぼくは、西方への旅についた。札幌からふたたび列車の旅を選んだ。函館からは、大間（おおま）行きのフェリーで津軽海峡を渡った。大間からバスで下北に下り、そこから列車の旅に戻った。

下北駅から列車に乗り込んだ頃、目黒川の老女から一通の手紙が届いた。日付は、二〇二二年八月一日となっている。遠い未来からの手紙だった。

《君は今、どのあたりだろう。「所有の在り方」を学ぶために西方の森に向かうというなら、この手紙を送りたい。長旅の暇つぶしぐらいにはなるだろう。この手紙を書いていることを、突拍子もない話と思わず、聞いてほしい。

君たちは今、地球を飛び出そうとしている。十年と少し前（一九六九年のことだが）、君たちはすでに月に到達した。君たちはまもなく、地球の引力圏を飛び出し、宇宙との往来を自由にするだろう。その時、君たちが第一に実践することは、いったいなんだろうか。私は悲しい予言をしなければならない。

二〇五〇年には、君たちは宇宙投棄船を建造し、それを打ち上げることになる。地球上でどうにも処理できなくなった矛盾物を、地球引力圏外の空間に投棄するためだ。かつて、都会の屎尿を大島沖に投棄するため、海洋投棄船を建造したように……。

それが地球外空間の開発目的だったことに、君たちはまもなく気づくだろう。核燃料廃棄物を満載したダルマ船が、長蛇の列を成して宇宙空間を行くその姿を、想像してみるべきだ。それはいずれどこかで、誰かの平和を脅かすものとなるだろう。君たちは、それでいいのか？

君たちがその次にとる実践は、新たな富を求める他の惑星への進出だ。それは、乱暴な進出になるだろう。そして奪い合うのだ。地球で犯した同じ過ちを、宇宙でふたたび繰り返すのだ。そうしていずれの日か、人類は侵略者の汚名を纏うことになる。

君たちがかつて、いつの日か地球に宇宙人が攻めてくるのではないかと恐怖した日々の、その逆説を行くことになる。それでいいのか。

カールブッセ爺さんが教えてくれたではないか。幸せは、山のあなたにあるのではない。山のあなたのなお遠くにあるのでもない。幸せは、足もとのこの地につくるものだと。カールブッセ爺さんが、いつになく大きな声で叫んでいる。

「君たちには、まだ分からないのか！」

君たちは、いったん立ち止まらなければならない。君たちの信ずる生産様式が、今や数々の矛盾を生み出し、君たちの社会は、さまざまに行き詰まりを呈している。にもかかわらず、君たちはなお、持続可能な拡大再生産活動を掲げ、そこに、矛盾の解決策を見出そうとしている。しかしそれは、矛盾に矛盾を重ねる行為にすぎない。

この問題を単に技術開発の問題に閉じ込めてしまうなら、君たちの試みは失敗するだろう。

すでにその兆しは現れ、君たちはそれに気づいている。気づいているから、地球外に出ようとしているのだ。出ざるを得ないのだ。それは欺瞞だ。質の悪い欲望から来る足掻き（あがき）にすぎない。

君たちが今取り組むべきは、現在の価値観を見直し、「成長」を再定義することだ。貨幣は恣意的な価値指標にすぎない。ＧＤＰは成長を示す一つの指標だが、幸せを生み出した価値も、不幸が生み出した負の価値も、ごた混ぜに足し算されている。人の幸せを示すものでなければならない指標であるにもかかわらず、人の不幸や社会の不都合さえ、「成長」とされている。虚実が綯い交ぜ（ないまぜ）になったこのような指標は、いったい誰のためにあるのか！「成長」の再定義。これが、これから一〇〇年に君たちが取り組まなければならない課題なのだ。

質の悪い欲望を排し、これまでに創り出し、偏在させてきた富をどう共有化するか、その方法論を模索しなければならない。

行くがいい。ふくろうの棲むという森へ、君は行くがいい。

君たちには、時間がない。

乗船実習の日本海で、クック船長はこう教えてくれた。十万トンのタンカーは、舵を切ってから三分後にようやく船首が振れ始めるのだと。宇宙船地球丸ともなれば、舵を切ってからその船首が方向を変え始めるまでに、いったいどれほどの時間を要することだろうか。一刻も早く、舵を切らなければならない。

最後に問いたい。

君たちは、「都合の悪い事実」を直視し、「質の悪い欲望」を捨てることはできるか。すべては、そこにかかっている。そこから、始まるのだ》

老女からの長い手紙を読み終える頃、列車は、まもなく上野駅に到着しようとしていた。

「どうしようか。朋鷹寮に立ち寄ろうか。平川先生へ、ご挨拶に行こうか」

ぼくは、しばらく逡巡していた。結局、その気持ちにはなれなかった。

「その時は、まだだ」

それがこの時の結論だった。

通りすがりの景色のように、数年ぶりの東京が流れた。冬枯れの街には、後ろ姿の未来ばかりが、慌ただしく行き交っている。ふくろうの棲む森は、まだ、遥か西方だ。

＊

私たちの日々の生活の痕跡が、未来の地球の表面を覆い尽くす時、その姿は、いったいどのようなものになっているのだろうか？「ヘドロ」という矛盾を生んでしまった私たちは、今ふたたび、「デブリ」という矛盾を生み出し、もはや手の付けられない悲惨に直面している。

未来の私たちは、「人新世」と呼ばれる地質年代の中を生きることになるそうだ。それが幸せなことなのか、そうでないのか、私には分からない。ただ、このままでは、誰も救われない世界に向かってゆくように思われる。

居木橋から見つめる目黒川の水面に、いま半世紀の光陰が流れる。

この半世紀を生きた小さき者にも、思い半ばにすぎるものがある。

ヘドロを見つめながらデブリを許してしまったこの半世紀の傍観は、私たちの世代の許されざる不作為かもしれない。

あとがき

当初、私はこれを「記録」として書き始めました。しかし記憶は、無自覚のうちに自分の願うように歪んでゆくもののようです。すべてを忠実に記録することは困難だと、書き始めてまもなく気づきました。

そこで少し方針を変え、物語仕立てにしてみました。これでようやく筆が歩み始めました。ここに記述されているさまざまな出来事は事実にもとづくものですが、そんな事情もあり、創作としてお読みいただければ幸いです。

当初は原題を「約束」としていました。誰かと何か具体的な約束を交わしたわけではないのですが、同じ時代をともに居合わせた者同士が、交わすともなく交わした約束というか、共鳴し合う心情的連帯感とでもいうか、そのようなものが確かにあったように思うのです。そういう時代の雰囲気を描くことができればと、そう思ったのでした。

題名は変わりましたが、その想いは貫いたつもりです。そしてこのような共感は、どの時代の青年にもあるのではないでしょうか。〈時代の約束〉とでも言うようなものが。

こうして自らを振り返ってみれば、苦学というほどの苦労もなく、挫折というほどの痛みもない、ただ滑稽な青春の日々であったように思われます。

最後に。

私にとって身近だった練習船・青鷹丸が、近年すべての任務を終えて引退したことを知りました。いつかふたたび、青鷹丸の新しい雄姿を見るその日まで、青鷹丸よ、さようなら。

著者プロフィール

菅原 洋一（すがはら よういち）

1950年生まれ。大阪育ち。
東京水産大学（漁業学科）、大阪市立大学（経済学科）を卒業。
漁業協同組合連合会、生活協同組合連合会に勤務。
退職後、JICAシニア海外協力隊活動（ジャマイカ・水産開発）に参加。
現在、漁業技術専門員として、ASC（水産養殖管理協議会）認証審査活動に参画中。

手記「もやいの海」

2023年4月15日　初版第1刷発行

著　者　菅原 洋一
発行者　瓜谷 綱延
発行所　株式会社文芸社
〒160-0022　東京都新宿区新宿1－10－1
電話　03-5369-3060（代表）
03-5369-2299（販売）

印刷所　株式会社フクイン

ISBN978-4-286-23997-2